錯愛，我親愛的妳

謙緒——著

目次
CONTENTS

楔子

假如愛是一種救贖的方式，
就讓愛，澈底治癒有罪的我們。

「我，一點也不想愛人，也不想被愛。

因為，我不想要像那些人們一樣，
為愛所傷，變得如此狼狽不堪。

然而，
那晚，我卻向惡魔許願，希望妳能愛上我，
等妳真正愛上我之後，
我將消失到一個妳再也找不到的地方。」

*

坐在教室最角落的窗邊位子，他不選擇眺望窗外的風景。

他寧可望向她的方向，好奇她今天又做了哪些事情。

她，左湛漾。

他在筆記上寫的不是老師要大家抄寫下來的數學公式，而是她的名字。彷彿是強迫症，不然就是偏執狂，他把她的名字反覆地寫了好幾十遍。

也許只是為了消磨時間，或者是好奇這個名字的主人隱藏著什麼樣的祕密，等待他去解謎。

盡可能地做到低調並不容易，可是到目前為止，那個她，做得還不錯。

左湛漾，這個謎樣的女孩，她的眼裡總是棲息著難解的憂傷，身上似乎隱藏著某些不肯言說的祕密。

她像是個獨來獨往的幽魂，幾乎可說是班上隱形的存在。

沒有什麼人會特別提到她。

她，簡直就是一位離群索居的透明人。

從來沒想過，有一天，她會猝不及防地竄進他的生命裡，用熾熱的愛與恨拯救他……

第一章　妳的名字，銘刻在我的心上

1

至於紀辰影是從什麼時候開始發現她的存在呢？

想來好像是上次課堂分組的時候，美術老師要大家自己找伴，倆倆為一組，在期末前，必須合力製作出一件饒富創意的藝術作品。

而那天，很不巧的，紀辰影上課又遲到了。

所以他剛踏進教室，就聽到一些同學發出惋惜的聲音，他們早就已經找好自己的同伴了。同學們沒料到紀辰影作為班上的高調份子，會在這麼關鍵的時間點遲到。

而所謂課堂的分組活動，對那位向來是獨行俠的低調女孩左湛漾而言，則是最惱人的事情。

雖然每次都流浪到不同的組別，對她來說，早已是家常便飯，可是還是很傷腦筋。特別是當大家都各自找好伴的時候，她終究還是落單。她感到萬分困窘，恨不得消失。

遲到的紀辰影才剛把書包放下，就聽到幾位女同學發出的咕噥聲。

「不會吧，左湛漾真的要和紀辰影一組啊，我看她一定會嚇死……」

「不要拖累紀辰影的分數就好了，聽說是共同成績耶。」

左湛漾？

名字雖然有聽過……

可是卻沒有一個清晰的影像浮現出來……

誰啊？

班上有這號人物嗎？

紀辰影歪著頭，納悶地想著，可是就算他怎麼左思右想，都覺得班上不存在這個人。

直到他抬起頭，往人群議論的某個點望去時，他發現有張似是陌生的臉孔同樣望著他，臉上寫滿了焦慮和不安。

她，左湛漾，就像是隻無助又可憐的小貓咪瑟縮在不起眼的角落。但不全然是如此，她的眼神中布滿「拜託，不要理我」的倔強表情。

小貓咪不會這樣，小貓咪通常都會對願意伸出援手的人，露出期待又無辜的可愛模樣。

紀辰影撇撇嘴，他並不打算搭救她，愈是這樣的態度，他就愈不想管她怎麼想。

我幹嘛要好心幫妳？

他自私的想著，沒錯，我就是妳這種人眼中的大壞蛋。

算妳好運。

他向來奉行反其道而行的古怪觀念，人家要他往右，他偏偏就要往左……左湛漾，妳要是不露出那種表情，說不定我還會對妳手下留情，妳真是太不上道了。

紀辰影站起身來，走到正在等候同學提報分組名單的美術老師前面，他輕聲地對老師說：「老師，我和左湛漾一組。」

「哦？你要跟湛漾啊，那太好了，剩下的時間你們就可以開始構思作品的雛形了……」老師在紙上把他和她的名字寫在一起，隨即老師似乎想起了什麼，停頓了幾秒才說：「我記得舒映下星期不是就會回學校上課嗎？你們乾脆就三個人一組吧？她是你的女朋友，不是嗎？」

紀辰影聳聳肩說：「不是女朋友……就三個人吧。」

於是，老師就把芮舒映的名字寫在紀辰影和左湛漾的中央。

紀辰影倒覺得有辦法把多出來的名字擠進兩人的中央，還真不愧是字也寫得很藝術的美術老師做得出來的事。

連老師也誤會芮舒映是他的女朋友？

也許是因為芮舒映跟他總是無所不談，通常男孩和女孩之間鮮少有純粹的友情，被認為是男女朋友也是很理所當然的事。他通常不太愛解釋，可是，這次不曉得為什麼，他覺得不否認的話，好像對不起自己。

三個人的名字一起被寫在紙上，彷彿成為了一種象徵永恆連結的儀式。

他把這種錯覺理解成，因美術老師的藝術字體和鬼畫符差不多程度，所以可能也兼具某些部落民族施展魔法的特殊影響力。

回到位子上，他再次往低調女孩的方向望去，卻發現人沒有留在原處。

躲到哪裡去了？

紀辰影皺起眉頭，困惑地左顧右盼，卻沒見到那個透明的存在。

「喂！不是還沒下課嗎？」紀辰影轉頭問旁邊一位正在與同伴討論作品概念的男同學。

「我們班有人消失了。」

「誰啊？」男同學疑惑地反問。

「就左湛漾啊……」紀辰影說。

「左湛漾？她不是有來沒來都一樣？」對方用理所當然的口吻說。

有來沒來都一樣？

說的也是，他幹嘛因為偶然跟她同組，就開始關心起游牧民族的生活模式了？

2

人很容易作出矛盾的舉動。

有時，你很難理解為何自己心中所想和實際作為會不太一樣。或許，其中的理由在於你默默地反抗逐漸淪陷、失守的心。

好勝的心，可不容許這種事情輕易發生。

*

美術課分組討論過後，當天下午的打掃時間，左湛漾才拖著緩慢如幽靈般的步伐，默不吭聲地走回教室。

假如說沒有同學在乎她的存在就算了，連老師也沒注意到嗎？

這真是太扯了。

光明正大翹課都沒被抓包？

那為何每次他翹課都要被叫去導師辦公室訓話？

紀辰影感到極為不可思議。

不過，好吧，也許他一輩子也不會注意到她，倘若沒有早上分組那件事，他的確也不會留意到她忽隱忽現的薄弱存在。

大概是出於無聊，或是好玩，他丟下擦拭窗戶的抹布，走到正低頭在座位上寫字的左湛漾面前。

她居然專心到沒有發現有人站在她的桌前盯著她瞧。

遲疑了片刻，紀辰影對著那可憐兮兮的女孩說：「喂，妳今天放學後有空嗎？」

他覺得自己的腦袋一下子變得很混亂，原本預期要說的不是這句話……

不過索性就將錯就錯，反正他也很好奇她會有什麼反應，應該是驚慌失措吧？

不料，她沒有抬頭，還是繼續寫字。

「妳有聽見我說的話嗎？」紀辰影不耐的問，不自覺地提高了音量。

這下他感到有點難堪，因為原本鬧哄哄的班上在這瞬間突然變得很安靜，一定有哪個好管閒事的八卦份子打暗號叫大家看好戲。

紀辰影雙頰灼熱，他以為自己從來不知道什麼叫作滿臉通紅的滋味，沒想到今天卻嚐到了，而且還是在數十雙眼睛的監視下體驗到。

女孩寫字的動作就在這時停下了，全班鴉雀無聲，時間宛如就在這一秒凝結了。

然而，下雨了？

他看到女孩的筆記本下起了一場小雨。

一滴、兩滴、三滴……

「天啊，紀辰影把左湛漾惹哭了！」

「沒辦法，紀辰影光是不說話時，看起來就很兇，說起話來就……」

「沒想到左湛漾淚腺這麼發達哦！」

班上同學紛紛交頭接耳，傳遞心得，雖然聲音裡聽起來沒有半點同情之意。

紀辰影感到胸口傳來莫名的鬱悶感。

平時的他，對周遭人們的情感幾乎可說是不痛不癢，更別說對從來沒有交集的陌生人。

正當他不由自主地反覆思索今日的他，何以如此反常時，壓抑不住的歉意從他嘴邊就快要說出口了：「對不……」

只見這時左湛漾抬起頭，用纖細的手指快速抹去眼眶的淚水，以略帶哽咽卻相當平靜的語調回答他說：「不好意思，我放學後總是沒空。而且，我是哭了，但跟你一點關係也沒有。」

跟我一點關係也沒有？

話是這麼說沒錯，她哭了，原因有那麼重要嗎？就算真的是因他而起，她都這麼說了，他還有什麼理由過問？

但他這時卻是腦袋一片混亂，他管不住自己的心，管不住自己的嘴。

「是沒關係。可是為了早上分組的事，妳今天翹課，該對同組的負責吧。週末呢？星期六早上約出來討論，我不想零分，總該有進度。」他聽見自己冷漠又指責的聲音，不受控制地當著全班面前，一字一字地說出口。

他覺得自己的聲音聽起來有那麼點苛求，這不是他想要的，但他的強迫症又發作了。

女孩愣了愣，她咬著下唇，似乎感到頗為難堪，卻無力反駁。畢竟，從分組確認後，她的缺席是事實。

最後，她勉為其難的說：「既然你對成績這麼在意，那好吧，就照你說的。」

對成績在意？

聽起來真可笑。

但除卻這個像樣的藉口外，還有什麼合適的理由可以解釋他的反常？

他選擇默然地接受了這個說法。

反正，合理化每件不合理的事情，不就是從小到大他被灌輸的觀念嗎？

3

坦白說，這世界上，似乎沒有任何值得他在乎的事物。

所以，他常常對大部分的事情，保持冷眼旁觀的態度。

太過熱情是會吃虧的。

有時候，甚至還會被理解為虛情假意。

再者，一個人若不喜歡開口說話，或是討厭對他人敞開心胸，背後一定存在著某些錯綜複雜的理由。

他向來討厭別人過問，也曉得類似這樣的人，討厭被問。

但不曉得為什麼，他卻很想弄清楚，究竟是哪些理由讓左湛漾如此沉默寡言？

這矛盾的複雜情感，充斥在他的腦海中，感覺上就像是被放逐到茫茫大海中，失去了方向。

仔細想一想，左湛漾的整體形象雖然使人感覺透明，但倘若認真瞧的話，會發現這個沒有存在感的她，長得倒是挺好看的。全身上下散發著一種難以言喻的獨特氣質，尤其是那雙深邃憂鬱的精緻眼眸，似乎隱藏著什麼樣不可告人的祕密。

當她披肩長髮隨風飄起時，彷彿就在一眨眼之際，她會在你重新睜開雙眼前，追隨風的足跡，瞬間消逝無蹤。

也許，逃跑本來就是她的興趣？

或是她的本能？

但是，他偏偏不喜歡這種消失的感覺。

他以為只要對人們保持適當的距離和冷漠，就可以避免這種患得患失的情況發生。

只要想到自己擁有的一切，總有一天會莫名其妙地消失，就會產生一種沒來由的無助焦慮感。

這是怎麼回事？

他竟然對一個算不上認識的人，產生了這麼多難解的想法？

紀辰影試圖想用咖啡因讓自己清醒過來，他歸咎於必定是清晨的睏意，讓他變得不太正常。

週六的清晨，他站在離學校最近的一家便利商店前，手裡拿著一杯咖啡，等待女孩出現。

約在這裡純粹是他的點子，因為她不肯透漏她的住處，聽起來她或許是從某一個神祕的星球潛入人類世界的觀察者？

對此荒謬的想法，他感到可笑。

突然間，他起了一個念頭，大概也可以歸類是預感，他直覺左湛漾今天一定會爽約。她不可能來，畢竟在班上就夠難受了，連週末還得撥出時間和根本不怎麼搭得上邊的男同學一起討論作業？對她來說，想必是件非常艱難的苦差事。

這麼想的同時，紀辰影心情變差了，他一口飲盡手裡的咖啡，然後決定把另一杯原本準備送給左湛漾的咖啡也一起喝掉。

那杯咖啡就放在便利商店外的小圓桌上，孤零零的，原本的熱度已經逐漸地降溫了。

他嘆了一口氣，把咖啡杯放到嘴邊，同時間，一道纖瘦的身影竟然悄悄地來到他眼前，幾乎可說是無聲無息。

二話不說，當著她的面，他還是偏執地選擇把這杯早已冷卻的咖啡一口氣喝光。

只可惜這杯咖啡的涼度，並不足以澆熄他被驚喜所點燃的熱情。

該死，我一定是瘋了。他心裡暗自咒罵。

為了掩飾自己內心的慌張，他刻意板起臉來，蹙眉說：「妳遲到了。」

難以置信的，她居然這麼回答：「好吧，我們都有錯。」

「什麼叫做我們都有錯？」他竟因錯愕而忘了佯裝生氣的模樣，反而是用一種充滿驚奇的眼神凝視著她，等待她的解釋。

「我遲到，所以我錯了。而你，不該等待遲到的我，所以你也錯了。」

她維持一貫的平緩口氣回答完這個問題。只見她話一說完，轉身就要離去。

儘管一時之間難以消化她的邏輯思維，但是出於一股衝動，他急忙上前抓住了她的手，不容許她再次從他眼前消失。

「妳的意思是說，妳今天是故意遲到的嗎？」

他感覺她的手稍微有點顫抖，似乎沒有表面上那麼堅強。

然而，她的手確實如同想像中那麼冰冷，而且近看的話，她小巧的臉蛋是那樣地蒼白，毫無血色，彷彿身上絲毫不沾染任何屬於人類的氣息，就像是最初給人的印象，非常透明虛幻的存在感。

「是或不是，重要嗎？」她一邊說，一邊嘗試掙脫他的鉗制。

但紀辰影就是不願意放開她，他覺得只要一鬆手，她一定會跑得遠遠的，讓他再也找不到她了。

「既然我們都錯了，那負負得正，妳不生我的氣，我也不生妳的氣，這樣好嗎？」他用力把她拉近，讓她正面朝向他。

近距離凝望著彼此，突顯了兩人既有的身高差，他差點動了一親芳澤的念頭。不過，這麼做肯定會把她嚇跑。再者，對一個根本算不上認識的陌生人這麼做，在這個世界上，足以被稱作是反常。

他克制了這一閃而過的念頭，暫時把它壓抑在心中某個不醒目的角落。

而她，卻只是靜默不語地看著他，似乎被沉重的心事所煩擾。

他很想問，妳到底在煩惱什麼呢？為何會露出似是因憂傷而幾乎落淚的表情？但他無法過問，因為他和她還只是不太熟識的陌生人。

然而，就算他遇到一個很熟悉卻悲傷的朋友，他也不會把這個問題留給對方，因為他對大多數人的情緒波動絲毫不感興趣。

他甚至還會暗自取笑他們，為此樂在其中。

雖然有人說，勿把快樂建立在別人的痛苦上，但紀辰影卻認為，看到別人比自己還要痛苦，內心竟然欣慰不少。這代表自己不會是世界上最痛苦的人，情況沒有想像中那麼糟。

這種病態的複雜思緒，只有尚未回到學校上課的芮舒映最為清楚不過。他幾乎把心中所有的祕密都告訴芮舒映，很少有所保留。這是有原因的，因為芮舒映曾私下坦言自己活不過二十五、六歲，因此，紀辰影的祕密將伴隨芮舒映的死，在未來某一天，永遠消失在這個世界上。

多好，祕密既能不壓抑在心中，又能在未來的某一天自動消失在這世界上，就好像保存期限一到，某種過期的東西就會自然腐爛、崩壞。

想一想，大概還有九年、十年左右的期限，邪惡的自己在未來某天也許也應該一起消失，真好……

但在此之前，他竟奢求左湛漾看見的是美好無瑕的自己，但這可能嗎？

妳在我注意到妳之前，了解我多少呢？

他想這麼問她，卻少了點勇氣。

雖然他預料到同學間對自己的評價，應該是相當兩極化。

他這時鬆開了手，低下頭，看見她快速抽回微微發紅的手腕時，他的心一陣莫名的痛。

「妳看起來好像還在生氣？」他問。

「為你這種人生氣？」她反問。

這種人？

聽起來她對他的了解，有八成以上肯定是非常負面的觀感。

「算了，都說今天是來討論作品概念的，我們現在就趕快把握時間吧，走吧。」紀辰影把話題引開，以免不小心被她察覺出自己的難過與失望。

「走？走去哪？」她困惑地說。

「我帶了學生會辦公室的鑰匙，我們就去那裡討論吧。」

「學校？」她搖搖頭，用明確的理由拒絕了他的提議：「我討厭學校。」

討厭學校？

不意外的回答。

他早該預料到。

說實在的，他比她更討厭學校。

不過，重點在於，他發現原來自己在她心中的地位，似乎比學校還不那麼被討厭？

我比學校好。還不錯。

紀辰影沒留意到自己的嘴角微微上揚，他趁機伸手握住她冰冷的手，然後輕聲對她說：

「那好吧，我們去另一個地方。妳沒得選擇，因為妳已經拒絕我一次了，今天拒絕的額度已經用光了，妳認命吧。」

4

一切都是臨時起意。

昨晚他在心中構思的版本並非如此。

他本以為他們會一起待在學生會的辦公室，有一搭沒一搭的討論。

而今天早上，卻意外地出現了可以握緊她的手的難得機會。

他擅作主張地拉著她前往某個只有他曉得的地方，而她居然也盲目地跟隨著他。

此時此刻，她變得很安靜，沒有半句反駁之語，似乎乾脆就任由他把她帶離討厭的地方，愈遠愈好。

當然，沿路上，他雖然裝出面無表情的冷漠模樣，實際上他卻暗自擔憂左湛漾會聽見他心跳激烈跳動的聲音。

多麼愚蠢的想法。

除非她手邊有聽診器，或是依靠在他胸前傾聽，否則怎麼可能會聽見他的心跳聲呢？不然，她也許會透過微妙的細節察覺他的不對勁？

例如：他因緊張而微微發顫的手指。

當他緊握著她的手，他幾乎艱難地想要抑制自己的手別這麼不出息地輕微顫抖，多丟臉的事。

然而，就算多麼想掩飾自己的不自在，他仍然不願放開她的手。

又或者，她若瞧見他的耳朵都紅起來，肯定也會猜得到他的心思？

不管怎樣，他始終懷抱著矛盾的心情，一方面企盼著這段路愈短又好，另一方面卻又祈求著這段路永遠都沒有盡頭。

很可笑的是，他發覺自己還刻意繞了遠路。

在經過一處商店櫥窗時，他不經意地瞥見兩人的倒影，幾乎可說是一前一後。因為左湛漾的腳步時不時地刻意放慢，像隻從不溫順的小貓咪，非得要主人催促才肯往前進。

但小貓咪不會這樣，小貓咪的主人也不會任它如此，主人會直截了當地把小貓咪一把抱起，擁入懷裡，讓它再也逃不出自己的手掌心。

此時此刻，他卻沒有任何可以擁抱她的名目。

可悲的是，目前為止，他對於她願意勉強握手的讓步，已經深感滿足。

穿越了一個十字路口，往左轉後，前方那棟外觀簡約，具現代俐落感的建築物，就是他想帶她來的所在地。

「這裡是……藝廊？」她終於開口了，而且是非常詫異的口吻，聽起來她從未料想自己口中的「你這種人」會帶她來這種地方。

反正自己在她眼中，也許只是個空有其表的大壞蛋。

「可以從中找一點靈感，不是嗎？」他揚起眉毛，聳聳肩說。

她專注地審視著藝廊及其周邊景物，似乎仍不敢置信自己會被帶到這裡。

這時，紀辰影從口袋取出手機，在通訊錄裡選取了一個電話號碼，逕自走到一旁，壓低音量，小聲地吩咐對方告知門鎖的密碼。

然後，他走到左湛漾身邊，故作神祕地說：「這是私人藝廊，可是任何門鎖都難不倒我，因為我是駭客。」

惡劣地欣賞著左湛漾那雙原本憂愁的眼睛倏地睜大，他覺得心情頗為愉快。

「你騙人……」她轉過頭來，語帶懷疑地說。

「妳真傻，妳不該對自己心中所認定的騙子這麼說，因為這個騙子就算竭力否認，說他真的沒有騙妳，妳也永遠不會相信這位所謂騙子的話。」

他在門上的電子鎖輸入了幾個數字，接著，喀的一聲，就被解鎖了。

「這麼簡單？我不相信。」她似乎沒聽見他的話，仍舊把注意力集中在門鎖上。

「當然沒那麼簡單，我剛才打電話給遠端的另一位駭客夥伴，他很快就協助我解除了雙道關卡的鎖定，所以保全人員是不會發現的，進去吧。」

他推開門，等待她先走進去。

但左湛漾遲疑了，不安地看著他，彷彿覺得眼前的這一切全都是紀辰影設下的圈套。

「妳在想，因為裡面沒人，萬一我們兩個走進去，被懷疑是雅賊，怎麼辦嗎？」

她沒有說話，似乎是默認了他的話。

「那很刺激不是嗎？我跟妳，從此逃亡到天涯海角，這聽起來不就像是電影才會出現的劇情？」他輕推她的肩膀，催促她前進，然後帶著戲謔的口氣，附在她耳畔說：「然後，妳就永遠都甩不開我了。」

5

當她懷著忐忑不安的心情，踏進藝廊的展示間時，原本漆黑一片的空間瞬間亮起，讓這個空間不再一片死寂。

紀辰影注意到左湛漾因被感應式燈光嚇著，肩膀為之一顫，他快步趨上前，故意用不懷好意的眼神盯住她瞧：「妳膽子還真小，千萬別在這裡哭，萬一藝廊淹水怎麼辦？藝術品會壞掉的，就得學上次巴黎羅浮宮淹水一樣，迅速挪移藝術品了。」

但是，左湛漾似乎對這樣的幽默無動於衷，她環顧四周，似乎在找尋著感興趣的作品。

紀辰影覺得她愈是保持沉默，他就愈想跟在她身邊，拚命地想找話題對她說話。

即使她沒有回應，那又怎樣？

他只是單純地想要對她說話而已。

他拋下了討厭對外人吐露太多想法的絕對堅持。

直覺她需要一個解說員，而紀辰影自信自己絕對有辦法勝任。

當然，還是必須等待適當的時機。

他跟隨她的腳步移動，最後，如同他所預期的，他們一同停駐在位於左側展示間最角落的一幅畫前面，似乎對該畫作深感興趣。

當然，那本來就是一件讓人久久難以移開視線的作品，對紀辰影而言。

「據說這件作品背後有不為人知的祕密，不過妳必須心臟夠強，才有辦法知道。」

「什麼意思？」她半信半疑的補了一句：「你怎麼又會知道？」

「我說過了，我是駭客，所以當然對所有的資訊瞭若指掌。」

「你又在騙人了。」

「妳總是這麼不信任人嗎？」

她沒有答腔，似乎又是默認。

「它的名字叫做：『向惡魔許願』。據說，若是真心誠意的對著這幅畫許願，渴求某人能愛上自己，那麼棲身在畫作裡的惡魔，就會巧妙地實現許願者的願望。」他停頓了半晌，觀察她臉上逐漸浮現的困惑表情，而後才繼續接下去說：「但是，代價是，畫作的惡魔會用最殘酷至極的方式，隨機取走其中一人的性命。最荒謬的不只如此，人們明明知道許下了這樣的願望，最後就算被愛上了，也終究是以悲劇收場，但癡迷的人們總是對追求愛情執迷不悟，所以還是會有無盡的傻瓜，做出許願的最終抉擇。」

左湛漾用一種似笑非笑的表情凝視著他，沉默了一陣子才說：「你在胡說八道。」

「我說的是真的，不信妳自己看畫作的名稱。」

紀辰影手指著畫作下方的典藏品標示牌，要她看仔細。

確實沒錯。

畫作名稱固然是叫做「向惡魔許願」，但並沒有標註任何的解說和典故。

「隨便你怎麼瞎掰故事，騙子。」

顯然的，她還是不願相信他所說的話。

「但是，妳和我很相像，左湛漾。」紀辰影不經意地脫口而出。

「很相像？你？我？」她因吃驚而退後一步。

「我剛才就有某種直覺，直覺妳一定會喜歡這件作品，所以我就刻意等妳在它面前停下來時，很自然而然地向妳提起了它的故事。」

「那又怎樣？有相同喜歡的東西，不見得就是相像。」她駁斥了他的論點。

「我說的是另外一回事，憑著心裡的想法，我覺得妳和我是相同屬性的一類人。當然，不光是第一次來，就站在這幅畫前面這點來看，我說的還有其他的部分……」他聽見自己的聲音變得有點遙遠，充滿著焦慮與怯弱。

這種討厭的感覺又回來了。

之所以不想對外人透露太多自身的想法，就是恐懼被嘲笑或鄙視。他深刻地嚐到違反固守原則的苦果，這種滋味並不好受。

他感到難堪，可是，他從沒料到，眼前的左湛漾，似乎變得比他更加難堪。

之所以知道她也同樣感到難堪，是因為她就像是鏡子裡的另一個自己，她的眼神飄忽不定，似乎尋思著如何才能立即跳脫這個令人不愉快的氣氛。

終於，她十分艱難地把心裡的感受說出口：「你錯了，我和你根本不一樣，我們永遠都不是同一屬性的人，要是變得像你一樣，我永遠都不會原諒自己。」

「這話什麼意思？」紀辰影深感錯愕，他萬萬沒想到自己在她心中的地位，居然遠比他想像的還要糟。

「沒有什麼意思，你就當作沒聽見吧。」她低下頭，不願把背後的理由告訴他。

「坦白說，妳今天赴約，我本來以為妳並不討厭我。至少，是對我一點感覺也沒有。比起討厭，還好太多。」

「你錯了，我可能是這世界上……最恨你的人。」

第二章　愛情之所以不可以永恆

1

恨，就是比討厭還要嚴重的等級。

這點當然不言自明。

一想到此，紀辰影就覺得自己快瘋了。

夾雜著憤怒和焦躁的複雜心情，他的筆尖像支匕首失控地在英文小考試卷上，割出了一道道慘不忍睹的傷痕。

他抬起頭，望向左湛漾的方向，只見她正埋首於試卷上，相當認真地解題。

妳恨我，但是我卻無法恨妳。

因為我恨的是，被妳恨著的我。

誰叫我本來就是個渣男。

紀辰影在心中暗自咒罵自己，他站起身來，自暴自棄地把考卷揉捏成一團，遷怒後扔向坐在前方的一位男同學頭上。

「搞什麼啊……」對方摸著頭，氣憤地轉過頭來，正好對上紀辰影凶神惡煞的視線，「辰、辰影，你……你心情不好啊？」

不理會對方因害怕而結結巴巴的發問，紀辰影嘆了一口氣，隨即他不發一語地跑出教室，不顧後方還有老師的叫喊。

他一邊快步走在空無一人的走廊上，一邊拿起手機，讀著連日以來未回覆的每一則訊息。

「辰影，你還好嗎？我想你。」

「我害怕，我昨晚做了惡夢，夢見我死了，但你沒依約守在我身邊。」

「手術結束後，他們說這只是暫時的控制住病情，以後還是會再復發。」

「你在忙嗎？為什麼不回覆我訊息呢？討厭我了嗎？」

「我快回學校了，我真的很想你，我真的不習慣你沒在身邊。」

……

算一算，這些訊息加起來大約有上百則。

不可思議，這世界上，就屬芮舒映最依賴他。

即使他置之不理，她仍然死命地像抓著大海上的浮板一樣，為了愛，從不放棄掙扎。

這種對愛情的瘋狂執著，他本以為自己永遠都學不會。

紀辰影緊咬下唇，他走下一階又一階的樓梯，躲藏在學校最偏遠的建築物與建築物之間的一樓夾縫中。

背倚靠著牆壁，他任由身體像具死屍般滑落在凹凸不平的水泥地板上。

一切又回到了原點。

每次似乎都如此，當他有預感事情要好轉時，現實總會打臉他，不預警地演變得愈來愈糟糕。

這就是為什麼，他覺得與其掙扎，不如放棄的主要理由。

開始和結束，都在同一個點上。

這個理論不是自己一貫奉行的原則嗎？

他想起了好久以前的某一天……

大概是某個中午午休時間吧。

同樣是身為學生會的幹部，芮舒映單獨約了紀辰影在學生會的辦公室見面。

他們兩個原本並不熟，但還算談得來。

芮舒映在學校是個很高調的活躍份子，也是學校最具影響力之一的校花級人物。

紀辰影之所以被推選為學生會的成員，主因就是被她於入學不久後所陷害，當時她不顧紀辰影反對就推薦了他，害他還因此高票當選。

當芮舒映約他的時候，他本來還想拒絕，因為他早就耳聞對方喜歡他的事情。

女孩子們私下的八卦，不知怎麼搞的，總會有一些更八卦的男孩子把這些內容當成閒話家常的話題。所謂的告密者，就這麼不要臉地把這些檯面下的祕密當成了貢品，偷偷地告訴了他。

長久以來，他一直裝作沒聽見，一副無所謂的態度。

——我，一點也不想愛人，也不想被愛。

——因為，我不想要像那些人們一樣，為愛所傷，變得如此狼狽不堪。

這種偏執的信念日益鞏固，有主要一大部分是受到童年記憶所影響。

沒有人知道，也不必有人知道。

而那個還算不太炎熱的中午午休時間，她找了一個美其名要構思校慶活動的名目，單獨與他在學生會辦公室見面，實則想要對他表白。

他早一個禮拜就透過洩密者得知這個訊息。

之所以最後還是同意見面，就是想要讓芮舒映澈底死心。

對他表白失敗的那一刻，芮舒映直截了當地問他：「你有喜歡的人嗎？」

「沒有。」這是事實。

「以後會有喜歡的人嗎？」

「不會。」這也是事實。

聽到紀辰影這麼回答，原本眼眶裡噙著淚的芮舒映卻放聲大笑了，他感到萬分不解。

「妳不失望嗎？」他不經意地說。

「我很開心，因為從今以後，沒有人會得到你的心。每個喜歡你的人，都會經歷和我同樣的痛苦，很公平，不是嗎？紀辰影，我真心希望你能信守承諾，答應我永遠都不會喜歡別人。」她那張漂亮白皙的臉龐找不到一絲瑕疵，但紀辰影確信，她的人格就是她全身上下唯一的最大瑕疵。

這個人，居然能大言不慚地把醜惡的一面，表現在最喜歡的人面前。

她難道不曉得維持形象的重要性嗎？

紀辰影皺起眉頭，冷冷地對她說：「那是我的原則，我沒必要答應妳任何要求。」

「反正，你沒有辦法承諾，就是因為你自己也知道，總有一天你會找到喜歡的人。幹嘛現在還裝作不會，很矯情，你這種人我見多了。」

「我說不會，就是不會。」不知怎麼搞的，他的理智線斷裂了。他惱怒地瞪著她說：「妳現在是在惱羞成怒嗎？因為我拒絕了妳的表白，這樣很難看，妳知道嗎？」

「惱羞成怒的是你，你看你，輕易地就被我激怒了，怎麼樣？我成功地引起你的注意了嗎？」她靠上前一步，狡黠的眼神盯住他瞧。

紀辰影為之氣結的怒視著她，當下覺得自己遇見了一個莫名其妙的瘋子。

「討厭我了嗎？討厭死我了嗎？」她再次逼問，然後用一種自得其樂的口吻說：「反正，我也活不了多久，若能被你討厭死，我會很高興，很開心。」

他訝然地看著她。

「……活不了多久？這話什麼意思？」他忍不住問。

殊不知自己在那時不知不覺中，已掉入了她事先設好的陷阱。

沒錯，她對愛情有莫名的執著與狂熱。

而他則對死亡有莫名的執著與迷戀，恨不得死神能悄聲地接走他，不妨礙到這世界上的任何一個人。但矛盾的是，他又想用這雙漠然的眼睛繼續活著，看著這樣的自己永無止盡的沉淪下去。

她是怎麼發現的？

他不知道。

也許一切只是偶然。

但，其實是透過細膩的觀察。

當你有了喜歡的人之後，你就可能會找出很多別人沒在她身上找到的細微習慣與動作。

但紀辰影這時還不知道，他只是傻傻地落入了芮舒映的圈套。

「……活不了多久？這話什麼意思？」他又情不自禁地問了一次。

「就是字面上的意思，紀辰影，你果然是個怪人，和我一樣。」她伸手，撫摸著他的臉頰，低垂著眼說：「人果然都喜歡和自己相像的東西。」

「妳剛才說妳快死了嗎？」他追問，不曉得為什麼這個話題竟然勾起了他的好奇心。

「我生了病，動過幾次手術，醫生說我活不過幾年的時間，報應？不是嗎？像我這種人。」

「妳看起來並不傷心。」

坦白說，一股莫名而來的同情心正在他的胸口作祟，另一方面，他覺得內心湧起的另一種難以言喻的感情：羨慕。

沒錯，他很羨慕，羨慕起她，有著這麼冠冕堂皇的理由，能夠在眾人的同情下迎向死神的懷抱。

很矛盾的是，他被一種想要看到結局的強烈好奇心所驅使。就好像一個人不經意地翻開一本書，被其中的詭異文字所牽引，恨不得直接翻到最後偷看結尾在搞什麼把戲。

因此，或許是因為這樣，他竟就這樣默默地同意了她的請求。

彷彿這是一種心照不宣的條件交換，她逕自地說出如此弔詭的要求：「既然你沒有辦法喜歡我，那我希望你可以實現我一個小小的心願：陪著我，直到你有一天找到真正喜歡的人，我就放開你的手。但我知道，你永遠都不會有喜歡的人，我就是知道，所以我故意的，我想要在死之前，都把你綁在身邊。我死的那一天，你也一定要緊握住我的手，陪我過一夜，我不想跟你分開，這樣我就等同於得到了你的愛。儘管，再怎樣，這根本就不是愛，但，那又怎樣？」

2

他睜開雙眼，發現自己不小心睡著了。

剛才睡著了，導致被捲入了回憶的漩渦。

好不容易，現在醒來後才從回憶裡脫身。

沒有人發現他在這裡。

獨自一人躲在學校偏僻的角落。

發覺自己彷彿是被整個世界遺棄了，這種感覺一向很好。

若能讓自己就此消失不見，更好。

他總是期盼著有一天自己能夠憑空消失，所有關於他的事情都應一併像電腦格式化那樣被消除。包括名字和每一件事，最好都從每一個人的記憶裡自動被抹去。

雖然明明知道不可能，但對此，他仍然不斷偏執地幻想著、祈禱總有一天會發生。

紀辰影疲憊地站起來，拍掉身上的塵埃，看了手錶上的時間，原來沒過多久，剛好是上一節英文小考結束後的中午用餐時段。

依照過去的經驗，最好在班導興師問罪之前，先行自首較妥當。

於是，紀辰影踩著沉重的步伐，往熟悉的導師辦公室走去。

穿越過走廊，才剛要過一個轉角，就聽見了辦公室外一些老師們的閒聊聲。

他停下腳步，默不吭聲地待在牆後仔細聆聽這一段對話。

「江老師，你們班的紀辰影真的是不像話，已經到了無藥可救的地步。他剛才考試考到一半，忽然破壞考卷還揉成團，丟在別人身上，接著竟莫名其妙地衝出去！」聽起來是英文老師，她正怒氣沖沖地向班導抱怨紀辰影翹課的事情。

只聽見班導用一種無可奈何的口吻回答：「妳跟我講有什麼用？我罵他，他也一副無所謂的樣子，成天不就混吃等死？就說當導師最麻煩的就是遇到這種問題學生。不過，他已經是慣犯了，早該習慣！話說回來，我也是情非得已才用這種說詞不斷說服自己去習慣！我實在很洩氣啊！成天思考著到底要怎麼作才能矯正他。」

「打電話叫家長好好地管教一下孩子啊！」另一位老師插嘴說。

「哈，你才來學校沒多久，不懂啦，還不是他父親放任不管，才會產生這種問題少年。你不曉得喔，多少件大大小小的麻煩事，全都被他父親壓了下來，沒辦法啊，人家是家長會長，捐了學校多少錢啊，連校長也拿他沒轍。我只能勉勉強強唸唸他，希望有一天這小子能自動改邪歸正。我真的很希望這孩子可以振作起來！」

「你真是讓人同情！這孩子實在令人傷腦筋。」

一陣此起彼落的苦笑後，老師們的話題又立刻繞到其他的事情上。

儘管他們說的都是事實，可是，當事人聽起來總難以避免地相當刺耳。特別是，「慣犯」這個詞，非常地難聽。

然而，他沒有辦法生氣，或是上前反駁，他一點為自己辯駁的餘地都沒有。

本來江老師最初對矯正他的行為充滿十足的熱忱和信心，但近來似乎也頗有心力交瘁的感慨，幾乎快無能為力了。

除了厭惡這個虛偽的世界之外，紀辰影最痛恨的就是這樣被放棄的自己。只是，這全是他自己造成的，怪不得別人。他們說的全都沒錯，沒什麼值得糾正的，說的真好，用「混吃等死」一詞形容，實在是太過貼切。

紀辰影閉上雙眼，試圖冷靜自己的負面情緒。

以往，他只要想著非得把所有的事情傾訴給芮舒映聽，心情就會快活許多。

可是，此時，一閉上眼，心中所浮現的那個身影，卻是今天上午引發他在一時衝動下翹課的左湛漾。

不過，一想到她，上週末她所說的那句話，又深刻地迴盪在他耳邊了：「我可能是這世界上最恨你的人」。

這時，紀辰影卻找到了駁斥她的另外一句有力的話：妳錯了，世界上沒有人能夠比我更恨我自己。

左湛漾，妳相信嗎？

……妳在乎嗎？

他好像逐漸能夠體會，芮舒映當時那個不切實際的要求了……

終於發現，原來左湛漾恨著他的程度，絕對不可能會比他恨自己還要多的時候，他忍不住笑了出聲，覺得有一種莫名贏了她的病態成就感。

3

距離午休時間大約還有十分鐘左右，紀辰影沒什麼食慾，他懷著既複雜又矛盾的心情回到班上。

他發現自己一踏進教室，便開始不自覺地搜尋起左湛漾的身影。這已然成為很自然的反射性動作，似乎只有她才是人群中的亮點。

確切來說，就算她不是人們心中最亮的一顆星，但她在他眼中，即是如此。

多數同學已用完餐，若不是三三兩兩聚在一起聊天，就是待在位子上臨時抱佛腳地背誦下午第一堂課應考的內容。

原本料想左湛漾應該一如往常，孤單一人地被冷落在位子上，他卻意外地發現有兩位女同學正站在左湛漾前面跟她說話。

像她這麼低調的人，也會有朋友嗎？

紀辰影納悶地想著，他忍不住湊上前去，想趁此機會與左湛漾搭上幾句話。「……妳可以跟美術老師說，說我們要收留妳當組員。」其中一位女同學用一種自以為是的口氣對左湛漾這麼說。

沒留意紀辰影站在她們的身後聽著，兩位女孩你一言我一語地說著，根本不容左湛漾插嘴，逕自單方面地想將自身的想法灌輸給她。

「妳不曉得我們作出這個提議有多掙扎嗎？本來我們的題目都已經訂好了，要是收留妳，又得重頭開始討論。對吧？小舞？」

另一個叫作小舞的女孩又接著說：「其實也不必重來一遍，反正左湛漾按照我們原本訂的主題做，不就好了。」

「那好，反正她是後加入的，就是得配合我們。小舞說得好極了！」那女孩像應聲蟲般地附和著。

「那待會午睡時間結束，左湛漾妳要記得去辦公室找老師，跟美術老師說妳要換組的事情，知道嗎？」小舞態度強硬。

紀辰影雙手插在口袋，默默地聆聽著，由於兩位女同學都同時背對著他，所以不曉得他就站在身後。

然而，左湛漾卻是知道的，她瞥見了紀辰影正站在後方偷聽。起初她略顯吃驚，而後迅速恢復了平靜，因此沒被小舞她們察覺。

在短暫幾秒之間，他們彼此眼神交會。

她的表情依舊如最初印象般那樣倔強、不肯服輸。

紀辰影好奇她會怎麼回答對方不合理的要求。

「妳們的好意我心領了，也許你們可以去問芮舒映，我記得她再不久就回來學校上課了。」左湛漾停頓了幾秒，才又繼續說：「因為我和紀辰影上個週末已經討論出一些進度，若我換組，他會……難堪。」

難堪？

這個詞，虧她想得到。

不管怎樣，他還以為左湛漾會勉為其難地答應對方不合理的要求。

看來她比他想像中還要有主見。

紀辰影難掩內心的驚喜，他情不自禁地朝左湛漾露出鬆懈的微笑，只可惜對方只是冷淡的瞄了他一眼，繼續面無表情地看著那兩位顯然惱羞成怒的同學。

「左湛漾！妳是想拖累紀辰影嗎？他和妳同一組才是真正的難堪！」小舞激動的大吼，雙手用力地拍在左湛漾的桌上。

「對啊！沒見過妳這麼厚臉皮的女人！」另一個女同學也跟著說。

「而且居然還叫我們問芮舒映！妳到底懂不懂啊，紀辰影可是芮舒映的男朋友耶，他們兩個同一組是天經地義的事情！左湛漾，妳以為妳是什麼貨色，湊熱鬧這麼好玩？」

這陣叫罵引來了班上其他同學的側目，終於看不下去的班長原本想過來制止，卻被紀辰影用銳利的眼神阻擋了。

左湛漾輕輕抿嘴，微微地垂下眼眸，依然無動於衷地說：「要不然，妳們也可以直接問一下紀辰影要不要換組，也許他會想跟妳們同一組，也說不一定？因為他好像有話想對妳們說。」

兩位女同學聽到這番話，吃驚地同時轉過身，發現身後的紀辰影早已收起笑容，眼神冷厲地注視著她們。

4

也許是作賊心虛，小舞用力推擠身旁的女同學，推卸責任地說：「我說妳，何必勉強別人一定要換組啊！真是有夠壞心眼！」

「我哪有，本來是妳……」那位女同學愈說愈小聲，滿臉尷尬地低下頭去，不知如何是好，也不好意思抬起頭直視紀辰影。

大約沉默了約一分鐘，紀辰影才用冷若寒冰的語調說：「我對這兩個人無話可說。」

左湛漾沒答腔，自顧自地從抽屜中拿出了一本筆記，不知是真有意想藉此轉移焦點，還是真心想為下午的考試作複習，儘管離午休時間早已沒剩多少時間。

「……左湛漾，我有話想對妳說。」他無視兩位同學，直接走上前去，站在她前方，終於還是把心中的念頭說出口了。

「不好意思，我現在沒空，而且快打鐘了。」她沒有停下翻閱筆記本的動作，也沒抬起頭看他。

紀辰影不禁怨恨起那本筆記本，因為她只顧著把握時間讀它，卻連抬起頭看他的空檔也沒有。

基於一股幼稚的衝動，他迅速地把筆記本從她手上抽走，連一點讓她搶回來的機會也不留給她。

「妳不是說過放學總是很忙？難道忙到沒時間看書？現在才臨時抱佛腳？妳以為這樣會進步多少？五分？十分？還是倒扣？」他發現自己的嘴巴正不受控制地說出了這些惡劣的玩笑話，在旁人眼中，看起來就像是在欺負毫無防備的左湛漾。

左湛漾站起身，繞到桌前，想要把筆記本從紀辰影手上奪回來。但他的手舉得高高的，她根本無能為力，就算是踮起腳尖，也沒辦法。而且有那麼幾秒，她差點就因慌張的動作及凌亂的腳步而跌入他的懷中。

兩位原本被擱置一旁的小舞和她的朋友見狀，忍不住笑了出聲，認定紀辰影是在幫她們捉弄可憐的左湛漾。

班上有些樂於看好戲的同學也跟著捧腹大笑，似乎覺得這個畫面非常可笑。

紀辰影一手輕按住左湛漾因氣憤而發抖的肩膀，傾下身，附在她耳畔壓低音量地說：「妳如果不讓我難堪，我就不會讓妳難堪。」

「你到底想怎樣？」她咬牙切齒地說。

「我只是有話想對妳說。」

「說啊！」

「若是當大家的面說，我會很難堪。」

「你非得這樣嗎？」

「對，我非得這樣。」紀辰影態度堅決。

「那好吧，你想出去外面說嗎？現在？」她最終還是不爭氣地妥協了。

「……我改變主意了，既然妳說放學總是很忙，那明天早上，提早大約三十分鐘到校。這要求不過份吧？我已經很配合妳了。」他聲音壓得很低，只有她聽得見。

坦白說，甚至這個距離，連她因氣憤而略顯急促的呼吸聲都能被紀辰影聽見。紀辰影感覺自己的心跳漏了好幾拍，完全亂了節奏，整個人變得不對勁，產生了瀕臨被逼瘋的錯覺。

左湛漾一句話也沒說，睜大那雙憂愁且深邃的眼眸，而紀辰影則渴望在她的眼中看到自己的倒影，想要弄清楚當他目不轉睛注視著她時，到底是怎麼樣的模樣。

這一瞬間，他想起了那幅藝廊的畫，那幅向惡魔許願的畫。

他總覺得棲息在畫裡的惡魔，彷彿不知何時早已尾隨著他。祂那尖銳的手指像利刃般深深地嵌進他的肩頭，狡詐地施以魔法，使他對眼前這人著了魔，失了魂。

痛不欲生。

因為恐懼得不到妳的愛。

可是，對左湛漾的愛慕，似乎比那之前還來得更早，或許嚴格說起來，是在那一天，當他們凝視彼此時的那一秒開始起算。

「妳沒有回答，就代表同意了，就這樣。」他再度聽見自己冷漠的語調響起，說著強人所難的要求。

左湛漾還是沒回應，她的眼神看起來好哀傷，卻只是靜靜地回到座位上坐好。

這時候，恰巧午休的鐘聲響起，左湛漾再次像隻因怯懦而縮起身子的小貓咪，把頭埋進了纖瘦的雙手中，趴在桌上，似是無助地暗自啜泣，又或者只是單純地配合著這個世界的秩序，乖巧地強迫自己入睡。

5

說是提早三十分鐘到校，事實上，他明知對方也許不會這麼做，但他卻還是提早到了。而且，還不只是早到三十分鐘。

學校沒有半個人，空蕩蕩的，像鬧空城似的死寂。

他可以很清楚地聽見自己的腳步聲，在通往教室的走廊上迴盪著。

假如死了也是這個感覺嗎？紀辰影心裡沒來由地浮現出這個疑惑。

一個人孤零零的像個幽魂，有那麼好玩嗎？

她到底在想什麼？

她只要願意開口說話，結交少數幾個朋友，至少應該不至於慘到連自己落難時，都沒人願意相挺的窘境吧？

她難道不曉得，連在浩瀚無垠的大海中，弱小的魚群也會彼此結伴同行，以免被輕易吞食的道理？

紀辰影認為自己之所以長久以來，可以保持冷漠高傲的態度，是因為有本事。然而，左湛漾卻像隻流浪街頭、被人遺棄的小貓咪，相當無助，而且比起能夠隨時藏匿蹤跡的流浪貓比起來，她更顯得走投無路，甚至還與其他人格格不入。

不過，他到底有什麼資格可以開導她？

站在教室門口，紀辰影拿起昨天向班長借來的教室鑰匙，快速地打開了門。

他停留在門口片刻，往左湛漾的位子望去，空空的。

當然，距離約定的時間還很早。

可悲的是，就算知道位子的主人不在，他也覺得那個座位非常特別，班上任何一個位置都比不上它的重要性。

到底為什麼會這樣？

喜歡一個人的心情，就是如此嗎？

果然，和想像中的戀愛模式同樣可悲。

特別是單戀時，當主控權不在自己的身上，這時候就更可悲了。

他之所以約在今天一大早見面，其實是因為想要把這樣的心情傳達給左湛漾。

雖然有部分臨時起意的成分，但他覺得不速戰速決的話，絕對會瘋掉。

昨晚，他根本徹夜未眠，只要閉上眼睛，就能看到她的身影。

該死，為什麼開始緊張了？

那些曾經鼓起勇氣向他表白的女孩子，也是這樣的心情吧？她們經歷過同樣的情緒起伏，不是嗎？

紀辰影不明白，像他這種自暴自棄，惡劣至極的人，為什麼她們還願意喜歡這樣的他？為了讓自己顯得更加惡劣，他甚至還曾經無情地撕裂了遞上來的情書。他認為這麼做，表現出更惡劣一點的姿態，愛慕者也許就會對他避而遠之了。

撕裂了用心寫好的一封信，也等同於撕裂了一顆心。

他知道這麼做很殘忍，但他的目的就是要愛慕者澈底死心。

讓她原本懷抱的希望，隨著散落一地的紙屑，就此隨風飄逝，最好到此結束，彼此都不會有負擔。沒有開始和結束，多好。

他曾經如此企盼，這世界上的每個人，都不要對他抱持有太大的期望，因為他不想回饋。不想回饋，是因為不想得到。不想得到，是因為他不想承受患得患失的痛苦。

然而，今天，他卻可能要做出和自己的理念，背道而馳的事情。

表白的結果有兩種：接受和不接受。

對許多人來說，「接受」是最好的結果，但是，對紀辰影來說，他卻覺得兩種結果一樣可怕，只是造成的效果和影響截然不同。

他看了看手錶，這時間過得好慢，足以讓他在心目中演練各種不同的情況。他想好了自己該說的話，以及不該說的話。

他猶疑了一會兒，走上前去，坐在她的位子上。

從左湛漾的位子上，看到的視野果然不一樣，他回過頭，望向教室最角落的窗邊位子，紀辰影的座位。

他覺得兩個座位之間，距離好遙遠，更何況，平常上課時，兩者之間還隔了好幾位多餘的同學。

此時此刻，回想起來，那些同學們的臉都變得模糊不清。

倒是左湛漾本身，在他的腦海中，變得如此清晰明亮，已經不再是透明的存在了。

6

距離早自修開始的時間，僅剩下大約十幾分鐘，紀辰影心情浮躁地在教室裡來回踱步。

她該不會又故意遲到了吧？

這時，走廊外忽然傳來一陣奔跑的聲音，聲音愈來愈近，聽起來像是有人正急忙地朝這個方向飛奔而來。

原本已被陰霾般沮喪情緒所籠罩的紀辰影，聽到這聲音，精神為之一振。同時，他的心跳又開始不受控制的瘋狂加速了。

一道人影就這麼從教室門口閃了進來，紀辰影早已立定在原地，腦海一片空白，連一句話都說不出來——

「辰影！」

沒想到，閃進教室的竟然不是左湛漾，而是班長倪子笙。

只見倪子笙慌慌張張地拎著書包，衝到紀辰影面前，露出一臉不敢置信的眼神，上氣不接下氣地說：「我、我怕你沒來……開、開教室的門，有、有點後悔……把鑰匙交給你……因為辰影……你……平常都、都常常遲到！我、我昨天整晚……沒睡好，擔、擔心要是你又遲到，我……一定會被江老師罵！本來……想說要更早來，可是凌晨三、四點……那時候，我……才睡著，鬧鐘差點叫不醒！」

倪子笙自顧自地說完這一連串的話，卻絲毫沒察覺到紀辰影臉色一下子變得很難看，倪子笙還邊用手按著胸口直說：「好險，好險！」

「你這麼早來做什麼？」紀辰影試著平復心情，但口氣隱含著怒意。

「這、這應該是我要問你的吧？你昨天借鑰匙的時候，我因為一時沒反應過來，就傻傻地把鑰匙交給你了，總之，辰影，你該不會是想……」倪子笙試探性地問：「你該不會是想……」

「想幹嘛？」紀辰影反問。

「你該不會是想……修理誰吧？你約了哪個可憐的倒楣鬼啊？對方沒來赴約，你很生氣？所以想出氣在我身上？」

「哼，你很聰明，不愧是班長。」說完後，紀辰影冷不防的踏上前一步，毫無預警地一把揪住班長的衣領，另一手則輕拍倪子笙的臉頰說：「要是敢到處張揚，我就唯你是問，聽清楚了嗎？倪子笙，你看過我怎麼修理人吧？」

「……辰影，你、你這樣欺負班長，對嗎？」

「沒欺負啊，我只是希望你不要大嘴巴。」紀辰影繼續加強揪住班長領口的力道，眼神中充滿殺氣。

「好、好！我知道啦！拜託你……你快放手！」班長露出一副快窒息的難受表情央求道。

隔了大約幾秒鐘，紀辰影才在倪子笙措手不及之際猛地鬆開手，任由差點跌坐在地的倪子笙痛苦地撫著喉嚨，發出一連串的乾咳聲。

這時，門口正巧走進了幾位同學，他們恰巧並沒有看到剛剛上演的那一幕，他們只是對一邊咳嗽又一邊唸唸有詞的班長，紛紛投以好奇又困惑的目光。

倒是對於紀辰影今天居然比他們早到這件事，同學們反而顯得更有興趣且萬分吃驚。一般來說，紀辰影幾乎每天都在踩踏老師們的底線，而且不時地得寸進尺。

「辰影，你今天好早來喔！我還以為我遲到了！哈哈哈！」

「對啊，今天是什麼特別的日子啊？不可思議喔！」

同學們你一言我一語的瞎起鬨，但紀辰影懶得搭理他們，他的視線緊盯住每位從教室門口走進來的人。他雖然氣憤左湛漾爽約，卻又渴求她能早點現身，讓他能盡快搞清楚她刻意放鴿子的原因。

然而，等到班上同學陸陸續續都已就位，左湛漾的位子卻還是空空的，它的主人仍遲遲沒有現身。乍看之下，竟給人一種彷彿在那個座位上，從來就不存在過誰的詭異錯覺。

7

連續上了兩堂課，左湛漾依舊沒現身。荒謬的是，班上竟沒有半個同學對此表示關切，甚至似乎連老師也不聞不問。

同學不在乎就算了，畢竟左湛漾在班上平常就不受歡迎，她低調又不想引人注目的處事作風，同學們早已見怪不怪了。

可是老師的反應該怎麼說？可以容忍一位學生從頭到尾都不來上課，卻連一句關心的話也沒有嗎？

這實在是太詭譎的現象了。

莫非左湛漾真的是幽靈嗎？

否則為什麼連這麼一個光明正大翹課的學生，老師也一句話都不問。站在講台上不是可以看得一清二楚嗎？為什麼這麼古怪的事情會被所有的人漠視？

於是，下課鈴聲一響，老師還沒宣布下課前，按捺不住性子的紀辰影就立即站起身，邁開步伐，快速地朝導師辦公室奔過去。

他心急的已經不再只是被她放鴿子一事，而是對左湛漾如此行跡不明的舉動更感到擔憂。說起來，他向來對別人的事情漠不關心……原來喜歡一個人，會大幅地改變一個人的思維和情緒。

他幾乎沒有辦法冷靜看待有關左湛漾的每件事情。

包括她的一個表情，就足以牽動他的心，在無形中他儼然成了她的愛情傀儡。她知道嗎？她在乎嗎？

紀辰影對此感到洩氣，然而，擔憂自己在愛情的泥沼裡愈陷愈深，卻僅是庸人自擾，徒增煩惱罷了。

等到他抵達導師辦公室外的走廊時，江老師碰巧正從門口走了出來，手裡捧著一大疊考卷和課本，似乎是正準備漫步到其他班級上課。

「江、江老師！」紀辰影慌忙地叫住他。

「辰影？聽說你今天沒遲到！」江老師停下腳步，一發現是紀辰影，眉開眼笑的說，彷彿這是什麼值得慶祝的大事。

「……是誰說的？」紀辰影愣了愣，隨即反問。

「……哈，『是誰說的？』」江老師似乎察覺不妙，因此索性先順勢模仿紀辰影說的話，下一秒馬上又換了個口吻：「你最近狀況很不穩定啊？辰影，一下子被老師們告狀翹課，一下子又想改邪歸正，準時到校？你是吃錯藥了，是不是？」

紀辰影沒那麼笨，他當然知道江老師很明顯不想出賣某位奉獻小道消息的同學，他聳了聳肩膀，試著平復原本慌亂的思緒，稍微退了一小步，試探性地問道：「我想不想改邪歸正，對江老師來說，有這麼重要嗎？看你好像很開心我今天沒遲到？」

江老師把考卷整疊夾在腋下，課本則捲起來敲打紀辰影的頭：「當然，看到一個總是屢勸不聽的孩子，今天出現了一點進步的跡象，我能不開心嗎？」

「哼。」紀辰影撇撇嘴，不以為然地冷哼了一聲，又退了一步，防止繼續被課本襲擊。

「怎麼？你好像很不屑？」

「……我只是覺得江老師把太多的注意力放在我身上了。你這麼關心我，不就是因為我父親的關係嗎？」

「你這小子在胡說什麼？我對班上的每個同學都一視同仁！」江老師理直氣壯的反駁道：「我之所以特別唸你，是因為你遲到的次數簡直是凌駕於眾人之上！看到你今天難得早到，我當然是要往好處想啊，想說：哇！你這小子終於開竅了。」

「其實也不用這麼大驚小怪，假如老師真的都很關心每一個同學，不只是我……那我問你，你為什麼不去關心一下左湛漾？」紀辰影說完後，他有點擔心江老師會發現自己的意圖，於是又硬生生地補了幾句話：「她雖然不怎麼起眼，但是比起我的遲到，她三不五時就缺席、曠課，不是比我更像問題學生？」

江老師面有難色的停頓了半晌，彷彿被問了一道很艱澀的考題，而後才又謹慎地用嚴肅的態度回答說：「湛漾的情況很特殊，和你這種刻意遲到的狀況不一樣。你最好不要把她的情形和你自己遲到的情形相提並論。總而言之，她不是故意缺席，更說不上是曠課，就算是突發狀況也都在學校的掌握之中。辰影，管好你自己，有事沒事不要去騷擾其他同學，特別是湛漾！知道嗎？」

語畢後，江老師投給紀辰影一記警告的眼神，就抱著考卷和課本頭也不回地快步離去。

雖說江老師表面上嘴巴壞、脾氣差，可是其實他對班上每個人所付出的心血人盡皆知，而且也確實是儘量依據每個人的不同狀況去調整管教的方式。

這點，紀辰影很是清楚，特別是連他自己，也是其中一位被江老師列入特別關注的學生。

這都是因為過去發生在紀辰影身上的某件傷痛陰影所致。而且，江老師也都很識相地儘量不去提起那件事，不全然是因為父親砸下重金企圖粉飾太平的成果……

但紀辰影一點也不滿意江老師給的答覆，他認為江老師的答案簡直疑點重重。

什麼叫做情況特殊？

她的突發狀況都在學校的掌握之中？

聽起來左湛漾根本就是學校眼中無可救藥的邊緣人物？

好聽一點的說法是：學校老師都會關注她的突發狀況。實際一點的形容則是：她就算有任何突發狀況，都會被視為理所當然？

不是嗎？

照字面上去解釋，對於紀辰影的認知而言，根本等同於一連串無法獲得解答的疑問。

於是，他在內心暗自發了誓：他絕對要把左湛漾這號人物，澈底搞懂。就算所有人反對，他也想要把她從邊緣的懸崖處境拉到人群中央。

他決定出手干涉，只為了讓她將不再是人群中不起眼的透明存在。

8

在外頭晃了好一陣子的紀辰影，回到教室時，正好瞥見班長倪子笙與其他同學有說有笑地閒聊著。

他心裡打定了一個主意，於是拉開嗓門，朝倪子笙的方向大喊：「班長，我有事找你，過來。」

倪子笙原本想裝作沒聽見，可是與他聊天的同學卻一下子閉緊了嘴巴，不約而同地轉過身，視線皆鎖定在聲音的主人身上。

只見紀辰影一臉傲慢地斜倚在牆上，雙手抱胸，等候著活像是僕人似的倪子笙慢條斯理又百般無奈地移動到他面前。

「紀辰影，你是把我當狗使喚嗎？」倪子笙無奈地翻了翻白眼。

「請不要侮辱小狗！」一旁的女同學氣憤地插嘴提出抗議。

「你身為班長，真以為自己是班導的小跟班？連我早到也要這麼大驚小怪？還敢跟江老師打小報告？」紀辰影揚起眉毛，不悅地抬起下巴質問道。

「我……我哪有！」倪子笙心虛地別過臉去，不敢直視紀辰影。

「你真的是很……該怎麼說呢，」紀辰影嘆了一口氣，走上前，搭住倪子笙抖動的肩膀說：「坦白說，不得不佩服你真的很有勇氣，對我關愛有加，我們去外面談一下吧。」

說完後，紀辰影不顧倪子笙的強烈反對與奮力掙扎，當著眾人的面，硬是把他從教室裡拖行到走廊盡頭的一處偏僻角落去。

「喂、喂，現……現在是怎樣，紀辰影，你是想霸凌班長嗎？」倪子笙試著想逃開，可是卻又被紀辰影一把抓回來。

紀辰影斜睨地對他說：「我警告過你了，今天早上我說過的話，你都當耳邊風？」「你到底要幹嘛？我只是盡班長本份而已！了解班上每個同學的情況，本來就是班長要協助班導的事！江老師要我每天向他報告班上的事！」

「哼，你根本只是江老師的馬屁精！」紀辰影嗤之以鼻地說。

「哪是拍馬屁……這本來就是班長的本份。」

紀辰影深呼吸一口氣，隨即說：「很好，了解班上同學的狀況是吧？那我問你，除了我之外，左湛漾今天也沒來，為什麼你不跟老師打小報告？」

「左湛漾？她？她情況特殊啊……」倪子笙愈說愈小聲，滿臉為難。

「情況特殊？有什麼好特殊的？」紀辰影咄咄逼人的低吼道：「有比芮舒映特殊嗎？」

「兩者情況不太一樣啊……你問這個幹嘛？」

「我只是想知道你有沒有說謊，我的拳頭不太喜歡說謊的人……」紀辰影握緊拳頭，擺出一副隨時想揍人的姿態。

「別、別這樣好不好？」班長雙手做出嘗試抵抗的動作，假想著紀辰影的拳頭隨時都會朝他的臉揮舞過來，他僵硬地擠出一絲微笑說：「你……你為什麼最近對她這麼好奇？我看到你昨天也跟其他人一樣聯手欺負她，你是想逼死她嗎？」

「逼死她？怎麼可能？為什麼說得這麼嚴重？」紀辰影詫異地凝視著倪子笙，不解地問。

「辰影，我拜託你，不要欺負她，也不要刻意去招惹她，你知道班上有一些小心眼的同學已經開始對她報復了嗎？」

「我從來沒有想過要欺負她……」

更別說想逼死她。

紀辰影鬆開雙手，他覺得倪子笙好像真的對左湛漾了解不少。

原本他的目的只是想打探一些有關於她的線索，沒想到班長和江老師一樣，都知道左湛漾的處境很「特別」。

那麼，到底是怎樣的特別呢？

他還想知道更多。

不過，他總覺得有點不太對勁。

「倪子笙，你今天早上該不會是故意提早來的吧？」直視著眼前百般無奈又想落跑的班長，紀辰影的心裡突然閃過一絲疑惑，皺起眉頭問。

「我、我不是跟你解釋過了嗎？」

「倪子笙，你該不會……」

紀辰影話還來不及說完，倪子笙很快地就接下去說：「你喜歡她？」

「我是說……」

「你喜歡她？」倪子笙用一種古怪至極的表情看著他，竟說是嫌惡也不為過。

這是錯覺嗎？

為什麼班長的臉上會出現這種嫌惡的神情？

「辰影，你喜歡她嗎？」倪子笙再次出聲。

紀辰影覺得腦袋一片混亂，不明白為什麼倪子笙突然要用這種宛如是興師問罪的口吻逼問他，若不是倪子笙吃了雄心豹子膽，要不就是對方以為自己是理直氣壯，才敢用這樣的語調對他說話。

可是，這個問題的答案很顯而易見，不是嗎？

正當他想說出口的時候，紀辰影卻赫然驚覺有一抹人影不知何時已悄悄來到他的身後，同樣以著訊問罪人的口氣，對他說：「喜歡，這兩個字，對你而言，不是向來很陌生嗎？」

第三章　對於幸福，我始終一無所知

1

他旋過身，但還沒來得及回過神，就被對方迅捷地獻上了突如其來的一吻。定睛一看，眼前這名墊起腳尖、長相甜美漂亮的女孩，不是別人，居然就是連日以來拚命傳了上百封簡訊給他的芮舒映。

正當紀辰影想要推開她時，芮舒映卻又像隻頑皮的兔子躍上前，將那張小巧細緻的白皙臉蛋緊貼紀辰影的胸膛上，並緊緊地抱著他不放，似乎想藉由磨蹭紀辰影的襯衫，感受那久違又思念的溫度。

紀辰影訝異地說：「芮舒映，妳怎麼會在——」

還沒問完，芮舒映搶先一步回答：「我不想跟你分開，一出院我就叫司機載我來學校，因為我想你，比任何人都還要想你。」

紀辰影眼尖地瞄見班長順勢趁隙溜走，逃離現場時臉上還掛著一副好不容易擺脫麻煩的表情。

對於芮舒映的親密舉動，不只是學校裡的同學，就連師長們也都司空見慣了。所以幾乎每個人都認定這倆人正在交往，是一對眾人口中的高富帥和白富美的典型組合。

然而，他們其實什麼也不是。

紀辰影認為，充其量，芮舒映就是一個無所不談的好知己、有趣的玩伴，如此而已。儘管，他總是縱容她不停地越界。

大概是，只要一產生她可能會死的念頭，對她就會萌生更多的容忍度。日子一久，這種相處模式就逐漸地定型，或者確切來說，是澈底失了分寸。

但是，對於一個將死之人，多給予一點容忍和施捨，難道不是一件好事嗎？

在紀辰影的觀念裡，這是他的父親從來不肯做到的。對於自己那曾經可憐的母親，父親總是汲汲營營於事業，在感情上相當地吝嗇。

原本紀辰影也認為自己的基因裡，理所當然地繼承了父親的無情冷酷。但是自從遇見了芮舒映，他感覺自己藉由放任她的放肆，彌補了一點自認為比父親還要良善的缺憾。

這種供需定律，似乎套用在左湛漾身上是完全行不通。因為紀辰影深知對左湛漾已經跨越了單純喜歡的界線，而陷入了想奮力愛她卻無法被滿足的苦悶泥沼。

「我不在學校的這段時間，你好像變得有點不太一樣……剛才你們在討論什麼？」

芮舒映逐漸鬆開了抱緊紀辰影的力道。她抬起頭，仔細地端詳起紀辰影那張高冷俊美的面容，從中她發現了以往沒有的神情變化。

紀辰影沉默了很久，不知道該如何啟口。

確實，他本來以為可以把喜歡左湛漾的事情，坦蕩蕩地傾訴給眼前這位幾乎可說是無所不談的好搭檔。但是，現在他的胸口卻升起某種程度的警戒和不安感。

「你有祕密瞞著我不說嗎？」芮舒映再度發問，她輕咬著下唇，覺得眼前的紀辰影讓她感到萬分陌生。

「……這件事情我晚點再跟妳說。」他暫時選擇了迴避的方式，指著她的鼻尖責備：「倒是妳，才剛出院，為什麼還要跑來學校？只要妳跟我約個時間，我會直接去妳家探視妳。」

「你才不會，連日以來我都等著你像以前那樣來看我，你卻理都不理我，怎麼？喜歡上誰了嗎？這種事情可能嗎？你不是承諾過我，你不可能喜歡上任何人？」芮舒映噘起嘴巴，不悅地說：「也對，男人就是這樣，我本來以為你真的有辦法信守承諾，看來你也不是真正的鐵石心腸？」

紀辰影刻意迴避她的問題，不以為然地瞇起眼睛說：「我怎麼會是鐵石心腸？我一直都很照顧妳這個任性的妹妹。」

同時，他輕輕地捉住芮舒映纖細的手腕，然後把她拉到自己身旁。不然兩人面對面的姿勢若在外人看來，肯定像是在搞曖昧。

隨即，他馬上放開芮舒映的手，跟她保持了一點距離。

至於剛才的親吻和擁抱，速度實在是太快，讓他一時之間措手不及，來不及防備。

他很慶幸當時那一幕只有倪子笙一人看到。

自從有了喜歡的人之後，他不想再與任何人有曖昧的接觸。

芮舒映噗哧笑了出聲，攏了攏染成金棕色的長髮，滿不在乎地說：「妹妹？哈，紀辰影，你是吃錯藥了？曾幾何時我變成你妹妹了？我已經有兩個哥哥了，他們都很囉唆，我不需要再有一個哥哥，我要的是男朋友。」

紀辰影凝視著她訕笑的側顏，思索了一會兒，才緩慢地說：「對了，妳應該沒忘吧？妳曾經說過，要是有一天，我有了真正喜歡的人，妳就會放棄我？」

芮舒映望向前方走廊另一端的盡頭，她似笑非笑地說：「要是有一天，你真的找到了喜歡的人……你怎麼會問我這個傻問題？」

「這話什麼意思？」紀辰影緊蹙眉頭，困惑地問。

「很簡單，紀辰影，要是有一天你真的找到喜歡的人，代表你真的變了，那我也只好跟著變。」

「我不懂？」

「也就是說，你能夠改變，為什麼我不能變呢？」

「妳終於想通了嗎？妳可以找到其他人去愛。」紀辰影總算鬆了一口氣。

「不，沒辦法。除了你之外，我不會去愛別人，也沒有辦法去愛其他人。」芮舒映咬牙切齒，神情堅定地說。

「那為什麼妳說妳會跟著變……」

「我的意思是，我也可以學你改變承諾啊！你以前口口聲聲說不可能喜歡任何人，現在你卻一副敞開心胸想去愛別人的模樣。紀辰影，你都可以改口了，我芮舒映為什麼不能改口這麼說：就算有一天你真的有喜歡的人了，我還是不可能放開你，因為你是我的唯一，永永遠遠的唯一。」

「芮舒映，妳真的是……」紀辰影搖了搖頭，極其無奈地說：「我明明都拒絕過妳了，妳還這樣……別怪我這麼罵妳，妳真的是有病。」

沒料到，芮舒映聽到紀辰影這麼說，非但沒有生氣，反而很滿意的點點頭：「沒錯，我就是有病，裡裡外外都是這樣，表裡如一，怎麼？又生氣了嗎？假如我真的沒辦法讓你愛上，那我希望你討厭死我，恨死我，這樣我會更高興。」

「……說真的，妳這樣子讓我覺得有點可怕。」紀辰影閉上雙眼，嘆了一口氣說。

不知怎麼搞的，此時此刻他感覺有種莫名的焦慮和憂愁襲上心頭。

「你也是，我也抱持著同樣的心情。你知道嗎？你現在的模樣也讓我覺得很可怕。」

「那妳為什麼還——」

當紀辰影再次睜開雙眼時，他發現芮舒映再次挨近他身邊，同時聽見她小小聲地附在他耳際說：「本來以為你變得陌生了，沒想到其實一點也不陌生。紀辰影，你愈來愈像我了，你一定會和我一樣變得對某人太過執著……然而，我有強烈的預感，預感你的愛情之路終究會遭遇不幸，就像我遇到的一樣，澈底不幸。我們這種有病的人，本來就不可能奢求什麼幸福。而我，若是沒有辦法跟你一起幸福，我希望自己就是那個干擾你幸福的人。」

2

當芮舒映從容不迫地以優雅的步伐走進教室時，立刻引起了全班的騷動。

不分男女，同學們皆投以關心的眼神。

不光是同學們議論紛紛，連講台上原本正認真講課的老師也停下動作，放下手上的筆，喜出望外地對她說：「芮舒映同學，妳好多了嗎？怎麼沒有留在家多休息？」

「我很好，休息得差不多了，醫生也同意讓我出院。謝謝老師的關心。」芮舒映燦笑地對老師揮揮手，還不忘往回瞄了一眼尾隨在後的紀辰影說：「再說，我等不及見到辰影，所以覺得有必要一定要趕快好起來。」

「呃……是這樣子啊，呵呵，趕快坐下來吧。旁邊的同學，麻煩幫她拉一下椅子。」老師尷尬地笑了笑，並火速地對芮舒映座位旁的同學下達指令。

班上有不少男同學偷偷地對紀辰影投以羨慕又忌妒的眼神，彷彿獲得芮舒映的青睞正是畢生莫大的榮幸。

只不過，紀辰影還沒有完全從芮舒映剛才所說的那番話中回過神來。

也對，他不可能成為讓她幸福的那個人。

以她的偏執，也不可能想成全他。

紀辰影暗自尋思著：那樣自私的一番話，何以會出自一個擁有天使般容貌的女孩口中，實在讓人難以置信……

究竟人與人之間，是受什麼所吸引？

如此執著不堪的愛情，似乎只會發生在特定的人身上。

只不過，他真的有辦法令左湛漾也這麼執著地愛他嗎？

他隨意地翻閱課本，視線往左湛漾那空蕩蕩的座位望去。

不知為什麼，突然很慶幸她今天未到校。

因為他還來不及收斂自己的感情。

可是，這種僥倖，能夠持續到什麼時候？

他幾乎可以預見自己有一天真的會變成芮舒映口中那樣不幸的人。

然而，他卻不希望這種不幸會延燒到左湛漾身上。

他握緊了拳頭，又鬆了開來。

望著自己的手心，他覺得自己從今而後要更加小心翼翼才行。

3

午休前，班上半數以上的同學都興奮地圍繞在芮舒映身旁。

有些是出自於真心，有些則是虛偽地想與全校最受歡迎的女孩搭上話。

不管如何，他們都想知道芮舒映的病情是否有所好轉，擔憂會不會有哪天她又不預警地昏倒在教室，緊急送醫……

因為上次發生的事情，真的嚇壞了一票人。

見過的人都異口同聲地認為，芮舒映是差點被死神帶走的人。只差那麼一點點，要是被發現得過晚，她就可能真的回天乏術了。

而芮舒映返校的消息，早已傳遍了學校的各個角落。

除了隔壁班，包括學弟妹、學長姊們都聽聞此事，蜂擁而至把教室門口擠得水洩不通，只為了確認芮舒映的狀況是否真的安好。

原本被傳言早已奄奄一息的芮舒映，此時又瞬間化身成交際手腕高超的迷人校花，對著迷弟迷妹們綻放出美麗的陽光笑容，與一夥人談笑風生。

紀辰影則自顧自地坐在位子上滑手機，慵懶地等候午睡前的鐘響。

這時，忽然有人把手搭在他的肩膀上，彎下腰在他側身低沉地說：「雖然實在很不想承認，但托你的福，舒映康復得很快，為的是趕快回到學校見你。」

紀辰影抬起頭，不意外地迎接班上的常客，高三的學長予熙。

說是常客，倒不如說只要芮舒映有來學校，予熙就會三不五時地來關照一下她的狀況。

予熙是芮舒映同父異母的哥哥，儘管他們不是同一個母親所生，但由於他和芮舒映的感情相當好，在外人面前絲毫不吝於表現寵愛妹妹的一面，總是被人戲稱為過分寵溺妹妹的妹控。

至於究竟真的是不是妹控，當事人當然矢口否認到底。

外貌看來，予熙和芮舒映都繼承了雙親高顏值的基因。

予熙有張讓人看不膩的帥氣容顏，身材高挑，幾乎可說是男版的芮舒映——不同的是，他在長輩們的眼中成熟懂事，不像芮舒映那樣任意妄為、驕縱任性。

此外，予熙雖然家世背景好，但在經濟方面，卻不想完全仰賴家裡的錢。加上他的外表很出色，正是這極好的條件讓他能兼職模特兒。除了可以供應自己的學費及生活費等基本開銷外，甚至還多了一點閒錢可花用。

「康復？」紀辰影把手機扔在桌上，嘆了一口氣說：「在我看來，她的病情變得比之前還要糟。」

「糟？醫生親口告訴我，她這次手術是成功的。」予熙隨手拉了一張空椅子過來，坐下時還不忘朝人群中的芮舒映多瞄了幾眼。

「我是說，她的腦袋，變得比以前還要不正常。」紀辰影嘴角揚起一絲難掩的輕蔑，略顯忿恨的說。

「嘿，辰影，你和她吵架？」予熙皺起眉頭，不悅的追問：「到底發生什麼事？有必要把話說得這麼難聽嗎？要不是看在你是我妹的心上人，我早就賞你一拳了。」

「予熙哥，你真的覺得她的腦袋正常嗎？」

「我覺得你的腦袋比較不正常。」予熙不假思索地說。

「為什麼？」紀辰影感到困惑的問。

「被我那麼可愛的妹妹看上，有什麼不好的？還敢大言不慚的批評她？」

「算了，反正你只要一扯到她，你也會跟著變得不正常。」紀辰影搖搖頭，重新拿起桌上的手機，繼續漫不經心地滑著，一邊喃喃自語似地說：「大概是很久沒見到你，我差點都忘了，都忘了你的世界是繞著她轉。」

「……紀辰影，難道你也要跟那些人一樣瞎起鬨，說我是什麼傳說中的、什麼該死的妹控嗎？」

「難道不是嗎？你表現出來的就是這副德行。」

「請你設想自己站在我的角度：當你看著自己最疼愛的妹妹奄奄一息地躺在病床上，你心裡不會難受嗎？你難道不會希望她在時間有限的每一天都過得安穩嗎？你難道不會因為聽見別人罵她而生氣嗎？」予熙刻意把聲音壓得低，不想引起其他同學的側目，卻又因為異常憤怒導致他的聲音聽起來有點顫抖。

「我不是這個意思……我是說，她的思想太偏執了。」紀辰影抬起眼，無奈地解釋：「她今天又對我說了一些太過偏激的話，予熙哥，你應該可以理解吧？」

「身為獨生子的你，難道你就有辦法理解我的心情嗎？你又沒有任何兄弟姊妹，你也沒有想要保護的人。當然，我可以嘗試理解你自私的心情，你只是把舒映當成是消磨時間的對象而已。」

「我不想跟你吵了。」紀辰影不耐煩地翻了翻白眼，停頓了幾秒鐘，本來想讓這個話題就此打住，卻又耐不住性子地回嘴：「我？獨生子？你也差不多吧？充其量舒映只能算是你的半個妹妹吧？你們不是只有一半的血緣嗎？」

「就算血緣一半，她也是我妹妹。紀辰影，你到底有沒有把書唸進去啊？你小學真的有畢業嗎？這和獨生子的定義真的差很多耶！」

「你就當我小學沒畢業吧。」紀辰影無所謂的聳肩。

「所以，你才是那個腦袋有問題的，紀辰影，你除了這張臉之外，基本上沒有什麼優點可言。」予熙伸手輕拍紀辰影的臉頰，隨即長嘆一聲，故作誇張地說：「長了這麼好看的一張臉，實在是公害。」

「哼，所以，芮舒映就是眼光有問題？喜歡我這個空有外表的人？你想這麼說吧？」紀辰影抬起頭，煩躁地揮開他的手，怒視著他。

「她的眼光沒有問題……錯就錯在你這張臉，以及你高超的演技。」

紀辰影一聽，不以為然地乾笑了幾聲說：「高超的演技？這是什麼意思啊？我又不是演員。」

「所以，我才說你腦袋有問題，你連我的比喻都聽不懂。」予熙說：「我說的是你在她面前裝做一副很酷的樣子，所以她才會喜歡你。你還表現出一種欲擒故縱的姿態，她就吃這一套。」

很酷？

欲擒故縱？

紀辰影搖了搖頭說：「我沒有故意裝模作樣，你是不是誤會什麼了？」

「你口口聲聲說不喜歡她，可是你跟她的相處模式在眾人面前，不就一副很親密的樣子嗎？每個有長眼睛的人都知道這叫做什麼，叫做搞、曖、昧。」

「我只是……」紀辰影猶豫了一下子，才又接下去支支吾吾地說：「我只是不想傷害她。因為我曾經拒絕過她，我只是單純認為這樣她比較不會覺得……我完全拒她於千里之外。」

「你這樣只會讓她產生更多希望。況且，據我所知，你對其他的愛慕者好像沒有這麼友善，不是嗎？你當眾一口拒絕或是戲謔她們的表白簡訊，但你並沒有這樣對待舒映，反而跟她成為親密的好朋友，難道這樣不會讓她感覺你對她很特別嗎？」

「我只是……」

「只是怎樣？你覺得高中生活有點無聊？索性把她當成消磨時間的對象？」

「不是這樣……」

「還是你其實有一點點喜歡她？只是你不知道？」予熙繼續追問。

「不是。」紀辰影否認。

「不喜歡？還是不知道？」

「聽著，你有必要這樣咄咄逼人嗎？我沒有必要回答你的蠢問題！」紀辰影突然用力地拍打桌子，拉高分貝說。

他總不能直接跟予熙說出自己的黑暗面吧？

告訴予熙有關於芮舒映生命中可預見的那個終點，正是她吸引自己的最大理由？這聽起來很病態，很可悲。

予熙會怎麼想？

萬一予熙又把這個事實告訴某些人？

別人會怎麼想？

又或者，現在的他，其實唯一擔心的是，萬一這個祕密偶然間傳到了左湛漾的耳中，她會怎麼看待他呢？

他根本不在乎別人的看法，他在乎的只是那些人會把話輾轉傳到左湛漾耳裡。而且謠言尤其恐怖，真相時常會在以訛傳訛中被扭曲變形。

他討厭被她唾棄的感覺。

這個念頭一浮現，他忽然覺得胸口頓時被喘不過氣來的壓迫感猛然襲擊。

剎那間，他醒悟到，原來喜歡一個人不只夾雜著諸多複雜的情感，隨之而來的還有不可免的負擔和顧忌。

不想被討厭的負擔。

不想被發現祕密的顧忌……

然而，只要有想要得到的東西，從來就不可能成為永遠的祕密。

總是會有人探詢，總是會有人告密，或者以任何形式暴露出來。

更何況，若是一不留神，也許還會轉換成被不平等對待的把柄。

4

放學鐘聲一響，台上老師雖然尚未宣布下課，紀辰影卻迅速的抓緊書包，打算下一秒就往門口的方向衝出去。

沒想到，芮舒映卻早就料準他這招，馬上舉手說：「老師、老師……我人不太舒服，可以請紀辰影陪我回家嗎？」

「當然可以，妳趕快回家！紀辰影，芮舒映就麻煩你了！」老師放下筆，滿臉擔憂地說：「至於其他同學，我們這一題檢討完才會宣布下課。」

其他同學一聽，紛紛露出無奈的苦笑和哀號。

部分男同學們則羨慕起總是有機會擔任護花使者的紀辰影。

紀辰影不爽的翻了翻白眼，只能眼睜睜的放任芮舒映理所當然地挽住他的手，故作虛弱的跟著他走出教室。

「不得不誇獎妳，演技一流。」才剛走出教室，紀辰影就白了她一眼說。這個說法當然是模仿自予熙，現學現賣。

「我是真的不舒服……」她噘著嘴反駁。

「真的？」

紀辰影半信半疑的盯著她，隨即拿起手機，撥了一個常用的號碼。

「你想幹嘛？該不會正在打電話給我的司機吧？」

「當然。萬一妳又發作怎麼辦？我又不是專業的醫生。」

芮舒映一把搶過他的手機，擅自將撥出中的通話取消。

「我早跟司機說今天你會負責送我回家了，請你不要打擾他難得的補休。」

「妳還真是自以為是……說真的，妳到底是不是真的不舒服？」

紀辰影轉過頭，仔細端詳她的臉，感覺她的氣色還算不錯。可能是因為這段期間的休養，讓芮舒映的臉色已經沒有先前最後一次見到那樣死白了。

儘管很想推開她，但是對一個病人冷漠，實在說不過去。

相偕走下通往校門口的大階梯，芮舒映還是緊緊挽住紀辰影的手不放，遲疑了片刻，她才緩緩地說：「我只是心情不好，害怕有一天你被搶走，搶走之後，你就再也不屬於我了。」

「別說得好像我們在交往一樣，就是這樣予熙哥才會像一台活動式的監控小車，三不五時就跑來問候我。」

「還好他每天下課後幾乎都要打工，所以才不會一天到晚打擾我們。」

「……不是打擾我們，是騷擾我，外加問些白痴的問題。」紀辰影為了加強，又補了一句：「而且，我們並沒有在交往，好嗎？」

「全校都認為我們在交往，每個人都看好我們，只有你不想承認。」

「這不是承不承認的問題！」

「喂！紀辰影，為什麼現在開始拚命地想跟我劃清界線了？說啊，你到底喜歡的是誰？我想知道！」芮舒映搖了搖紀辰影的手臂催促著說。

「我沒有必要向妳一一報告吧。」

「我最討厭祕密了！」

「妳討厭也沒用，我還是不會跟妳說。」

「很好，那我只好利用予熙哥，叫他每天都來騷擾你，讓你受不了。」

「只要我成功說服他，讓他知道我對他沒有任何感情上的威脅，他就不會來招惹我了。」

「難不成連你也覺得他是妹控？」

「很明顯不是嗎？」

「哈，說不定他喜歡的是──你。」

「妳想像力太豐富了。」

「話說回來，誰知道你的性傾向該不會不是直的吧？所以連我這麼漂亮的女生，你也看不上眼？」

「不是外表的問題……喂，我們探討這個有意義嗎？」

「反正我一定會逼你親口跟我說。」

「作夢。」

「遲早的事。」芮舒映嘴角掀起一抹得意的笑容說：「我很了解你，我說過了，你會愈來愈像我，對自己喜歡的東西總是窮追不捨──所以，我只要順著你的目光去看，就可以抽絲剝繭的發現真相。」

5

真相？

這個世界上，真相確實有那麼重要嗎？

送芮舒映回到家，又被她折騰、耍賴一陣子後，已經是大約傍晚六點的事情了。紀辰影拎著書包，踩著沉重的步伐在人行道上閒晃，通常他都是在外頭晃盪好久後，才會勉為其難地回家。

家？

其實，那充其量也只是一個提供吃飯、睡覺的地方而已。

基本上家裡除了佣人外，不會有其他本應存在的家庭成員。

這種生活模式，不知道為何，從最初的反抗，演變成一種被當作順理成章的狀態。

若想看到父親的臉，只要打開電視，時不時地就會出現關於他活躍於商業界的相關報導。在螢幕上，父親總是面帶一種虛偽、自負的笑容，卻被吹捧為一個商業鉅子，被貼上屬於成功者的金色標籤。

十足諷刺。

他的家庭卻是如此分崩離析。

這就是真相。

徹徹底底的黑暗面。

失敗者。

他可不希望自己長大後，也會變成同類人。

然而，另一方面，他卻又覺得那樣的劣質基因，或許早已根深蒂固地深植在他的軀殼裡。隨著時間一點一滴的流逝，他大概也擺脫不了成為那類人的宿命。

對於未來有著悲觀的想像，並非從小開始有的價值觀，而是從小到大發生的所有事件所造就的結果。

他曾經聽有些人說過：當你真心想做一件事情的時候，全世界都會幫你。

可是，他的生活經驗卻揭露出另一種生活的事實：當他真心想做某件事情的時候，事情的發展總會事與願違，反而往反方向疾駛——

「對不起，辰影，但假如有一天我消失了，你千萬不可以來找我。」

到現在，他永遠深記得這些話，一個多麼不負責任的人所說過的話。

6

這時，他停駐在熙來攘往的紅磚人行道上，根本不在意偶爾會被路人撞到肩膀，就像一個杵在路中央多餘的障礙物。

紀辰影嘴角揚起一絲不屑的笑容，從口袋裡掏出手機。點開即時通訊軟體，找到一個經過他修改暱稱的好友名稱：「騙子」。

點開與這個騙子的通訊紀錄，他看到了一連串的歷史對話訊息。

——

時間點大概是落在一年前的這個時間，下午六點多。

他記得當時讀取和回覆這些訊息時，自己同樣也是站在這個紅磚人行道上，只不過行人不多，其他景物依舊。

對話裡的每一個字重新勾起了傷痛的往事，回憶如同一把匕首狠狠地用刀尖戳進了他的胸口——

「辰影，對不起，媽媽好累！」

「媽媽？妳還好嗎？醫生呢？」

「我不需要醫生。」

「妳不舒服吧？要不要我現在過去？我現在人在外面，應該很快就能走到醫院了。」

「不需要！我現在人不在醫院！」

「不在醫院？」

「今天那個可恨的女人居然來找我，她罵我是個自殺失敗的啞巴！」

「別管那該死的女人！媽媽，妳不是啞巴！醫生說那是暫時性的！會好起來的！媽媽，妳在哪？我現在過去找妳！」

「辰影，你不要去醫院。我在家，坐在沙發上，一邊傳訊息給你，一邊等你爸去拿離婚協議書。不要理我。待會我馬上就走了。」

離婚協議書？

哼，最後還是走上這一步嗎？

說了老半天，到最後還不是想把我丟掉，也許還會跟某個不知名的男人躲到天涯海角讓我找不到？

我的關心都是多餘的！

去死吧！

他憤恨地詛咒著，充滿著怨恨。

紀辰影記得那時的自己氣到全身猛烈發抖，幾近失去理智，也顧不得和母親傳送的對話訊息，憤而把手機硬生生地用力摔在地上。整個人抱著頭蹲下身竭力嘶吼，企圖發洩自己不滿的情緒和怨恨。

但是，他沒有哭，反正眼淚一點用也沒有。

況且，每次他只要氣到極點的時候，就連一滴眼淚也擠不出來。

他只是任憑自己像個瘋子似的大吼大叫。

突然間，他感覺有隻怯生生的手傻傻地輕拍肩頭，伴隨著一句發顫的聲音：「辰、辰影，你、你還好嗎？」

抬起頭，他看見一位穿著同校國中制服的少女，面露擔憂又略顯怯懦的神情，站在蹲著的紀辰影面前。

發覺迎來視線後，女孩便不自在地把手抽回，整個人不斷的發出小小聲的咕噥：「怎麼辦、怎麼辦……」

經過內心一陣掙扎，她再次伸出顫抖的手，畢恭畢敬地遞上了被紀辰影摔爛的手機。

他對這個女孩有一點點印象，知道是同校同年級的國三生。

她有時似乎會在他行經的路段打轉，或是在放學時老是跟在他後面繞來繞去，很顯然是他在學校的一位愛慕者。

自以為不明顯的窺視，其實行跡卻顯得有些狼狽、可疑。

紀辰影不以為意地接過手機，倏地站起身來，拍拍身子，他覺得自己化身成為了魔鬼，一心一意地想找可憐兮兮的人類出氣。

但是，可憐兮兮的人類，又怎麼會知道不懷好心眼的魔鬼，沒理由地想把自己當成眼中釘？

「我很好。」紀辰影簡短的答覆，嗓音因為嘶吼過所以聽起來略微沙啞。

「啊，這樣啊……」女孩緊張兮兮，根本沒留意到紀辰影眼中燃燒的怒火，像是好不容易抓住機會似地不想放手，她緊接著說：「紀辰影，其實我……我快轉學了，所以、所以……我寫了一封信給你，因為沒有你的手機號碼，所以、所以只能用寫信的方式。」

「好啊，拿過來啊。」他伸出手，彷彿是討債集團的一員。

一道驚呼的微弱聲音從女孩後方不遠處傳來，紀辰影這才發現原來人行道盡頭的轉角處，躲藏著另外一小撮人。

但因為轉角那裡的燈光頗暗，沒辦法看清楚對方的臉，不過他認為她們八成也是少女的同夥。

少女肯定腦海裡一片空白，所以才忘了考量告白的時機點恰不恰當。

只見她手忙腳亂地從書包中翻出一只淺粉紅色的信封。

這只信封稍微有點摺痕，儘管她慌亂地想要把它撫平，卻徒勞無功。

紀辰影不耐煩地一把將情書奪了過來，面無表情地把信紙從信封中取出，並將它攤開來看。

他看到裡頭寫了有些感傷的字句，甚至還有一首詩，最後一句話是：「紀辰影，我真的好喜歡你！」

真的好喜歡我？

「所以？」紀辰影快速瀏覽後，他語氣平淡的問。

「嗯？」面紅耳赤的少女詫異地注視著他，不懂問話的人想表達的意思究竟為何。

「所以，妳想跟我交往？」

「交、交往！？」女孩吃驚的大叫，臉上滿是掩不住的驚喜，她似乎會錯意，羞澀的說：「嗯！假如、假如可以跟你在一起、我、我就會變得很幸福！我們！」

她的口吻聽起來很誠懇，語調天真，宛若期盼這個脫口而出的許諾，真能帶給彼此幸福。

「幸福？」

世界上哪有什麼幸福？

「對！」女孩迫不及待的回答，目不轉睛地抬起頭看著他。

「跟我在一起的人，都會不幸。這樣妳也願意嗎？」

「……不幸？」女孩困惑地思忖這個詞，她不能理解為什麼這麼一句話，會從一個在學校堪稱人生勝利組的男孩口中說出來。「跟你……跟你在一起會不幸？」

「對，即使這樣，妳還是想跟我在一起嗎？」

「……嗯！」

女孩聲音急促，拚命點頭。

因為過於緊張，她重複把手指頭扭來扭去，下意識地以為這麼做可以舒緩焦慮，卻適得其反。

這個動作，在紀辰影眼中，看來格外可笑。

為什麼要這麼狼狽？

紀辰影的腦海裡飄過了母親那可憐、無助的身影。

母親在父親面前，總顯得如此狼狽不堪，缺乏自信和不信任感的心魔，澈底佔據了她的心。

然而，這一切都得歸因於愛，不是嗎？

若非因為愛，怎麼會曝露自己最脆弱的一面在喜歡的人面前？

生活經驗告訴紀辰影，不要隨便施捨希望：希望和愛，同樣都是罪，都有劇毒。

於是，基於一種怒火中燒且難以抑制的衝動，他冷不防地高高舉起手。

薄弱的信紙在風中憔悴不堪。

下一秒，當著女孩和躲藏在她後方不遠處的觀眾們面前，他毫不猶豫地撕毀了那封寫著秀麗字跡的情書。

憤世嫉俗的紀辰影，當然曉得自己撕毀的不是只有一封信，還有少女那顆滿懷希望的心。

一陣風吹過，揚起了他額前的瀏海、襯衫的衣襬，隨之那封信的碎片就像秋天的枯葉，一片片的被吹盪到某些不知名的地方去了。

最後，究竟還剩下什麼？

沒有。

什麼都沒有。

依稀記得的是女孩淚如雨下的那張臉，看得不是很清楚。視線模糊。

印象中，女孩的臉和母親的臉，竟然在那時候重疊在一起了。

他分辨不清自己看到的到底是誰。

不過，這些都不重要了……

7

那天，他回到家的時候，已經接近晚上七點半了。

不如預期的，除了佣人之外，家裡沒有半個人，和平常沒什麼不同。

空氣中，並沒有母親慣用的香水味。

母親就算住院期間，也喜歡在頸肩、手腕處抹上甜美帶有柑橘味的Hermes香水，以遮掩空氣中揮之不去的消毒水味。

出入醫院對母親已經成為習以為常的事，她幾乎可說是醫護人員眼中的麻煩人物。

有關母親自殘的事情，父親砸下重金塞住了那些八卦媒體的嘴，雖然有時候還是會不免傳出一些小道消息。

在紀辰影看來，父親為遮醜所下的功夫，實在令人嫌惡。

他匆匆地扔下拎在手裡的書包，走到廚房旁的餐廳，叫住正把飯菜端到餐桌上的女僕：「我爸和我媽呢？」

女僕小心翼翼地將托盤擺放在桌上，轉過身，露出驚訝的神情回答：「主人和夫人……？他們今天沒回來啊？」

紀辰影眉頭緊蹙，納悶的說：「可是我媽稍早前傳訊息給我，說她和我爸都在家。」

「夫人？夫人不是人還在醫院嗎？家裡沒接到醫院的電話啊？」女僕滿臉疑惑的反問。

「胡說！她說她不在醫院！」

「少爺，要不要我幫您打電話跟醫院確認看看？」

女僕好心的趨上前，但紀辰影卻擋在她前面，果斷回絕：「不用了，我自己打電話確認就可以了，妳去忙吧！而且我今天並不打算吃晚飯。」

他可以想見家裡佣人私底下聚在一起嚼舌根的模樣，他們肯定會把這件事情當成是茶餘飯後的有趣話題。

要不是父親堅持家裡要有人照料紀辰影的三餐，他根本寧可一個人獨守著死氣沉沉的屋子，也好過任憑一群佣人們躲在暗處竊竊私語，暗自用異樣的眼光對家裡的事偷偷地品頭論足。

說起來，這位女僕也曾經跟父親曖昧過，雖然只是被父親當成用來氣母親的工具而已。

他走回客廳，撿起書包把放在裡面的手機拿出來，沒料到手機早已摔壞，螢幕呈現黑屏的死亡狀態。這支手機是母親在他今年生日時送的生日禮物，在這之前，他本來是很愛惜的。

但那天，卻比平常過得還要悲慘，每過一分、一秒，對他而言都是一種無可言狀的折磨，以至於他一時失手拿手機洩恨。

他慎重其事地把手機的遺骸重新塞回書包的最角落。

沉默了片刻之後，他走到落地窗前的沙發坐了下來，試著從小几子上的話機螢幕搜尋醫院的電話。

接通後，他用不著說出自己的全名，醫院的總機人員早已認出聲音的主人是常客，馬上幫他接給相關的醫護人員。

紀辰影深吸了一口氣，然後說：「……醫生您好，我是紀辰影，我媽人在醫院嗎？」

「夫人今天上午已經辦過出院手續，她說因為家裡有急事，必須提前辦理，我評估她的狀況後，認為她的確可以勉強回家休養……她還強調家屬們都知情，我以為你們都知道？你家不是有派司機陳大哥來載她嗎？」

所以她人果然沒在醫院？

但是也沒回家？

為什麼要騙我？

醫生在話筒的另一端，還不忘叮囑病人後續應該注意的事項。但紀辰影完全沒有心思去聽，他不安地緊咬下唇，機械式的直接掛上電話。

猶豫了幾十分鐘，在不得已之下，他終於成功地說服自己撥打了父親的手機號碼。

父親一向討厭接聽家裡的電話。

響了好幾聲，遲遲沒有接聽。

正當紀辰影打算放棄時，話機的另一頭傳來一個女人的聲音：「喂？」

「我爸呢？」紀辰影努力克制自己的怒氣，憤怒卻像紙壓不住的火蔓延開來，他接著又用命令的口吻說：「叫我爸立刻聽電話！這是他的手機！不是妳的！」

「噢，是你啊？辰影？你父親他現在正在洗澡，我們待會還要忙大人的事，你來要零用錢的嗎？」女人刻意用一種尖銳的嘲諷語調說話，不安好心眼的想在字裡行間提高自己的地位：「我待會兒會幫你跟紀總裁說，你想要多少錢？我可以幫你爭取哦？說不定再過不久，我就會是你未來的新媽媽，照顧兒子本來就是理所當然，天經地義的事──」

「去你的零用錢！」

他發狂地使勁掛上話筒，不想繼續聽那女人說些炫耀的話。想必她也是用刺激紀辰影母親的方式對他依樣畫葫蘆。

掛上電話後，他全身僵硬的瞪視著前方。斗大的電視機倒映出他的樣子，可笑的模樣，不知所措的模樣，求助無門的模樣。

他還只是個才十幾歲的孩子。

他不知道還有誰可以尋求幫忙。

除了家人，他沒有半個信任的朋友，都只是表面上嘻嘻哈哈胡鬧的狐群狗黨罷了。

對紀辰影而言，學校的老師從來也不可靠，他們只會把在學校發生的事情一五一十地對父親報告，彷彿他只是一隻父親寄養在學校的小狗。

沒錯，他的家就是一團該死的爛泥巴。

這到底是什麼日子？

還可以更糟嗎？

他神情渙散地坐在原地好久。

時間彷彿永遠凝結了。

冷靜過後，紀辰影抓起桌上的電視機遙控，想要將這些所有煩人的事情澈底拋到九霄雲外去，開始隨便轉台。

財經新聞正巧播放的是有關父親前不久在瑞典布局的分析報導，對紀辰影來說，這個人的噁心嘴臉他看了就討厭。

正當他打算轉台時，電視上突然插播了一則最新的新聞快報：

「為您插播一則最新消息！剛剛晚間八時許，傳出有一名在L大樓跳樓輕生的女子，被附近居民發現倒臥在血泊中，當時已經失去呼吸心跳。雖然民眾在第一時間內就通知醫護人員到場搶救，但遺憾的是，因為傷勢過於嚴重仍宣告不治。」

「……據目擊者指出，她疑似是○○集團的○○○夫人，目前警方已經封鎖現場，展開調查——」

這並不是紀辰影第一次在電視上聽到母親的名字。

不過，聽到自己摯愛的人的噩耗，尤其一次比一次更糟的時候，他發覺自己全身像是被強制麻醉了，麻痺無知覺，好像處於一個空氣愈來愈稀薄的空間。難以喘息。

他甚至有一種幾乎快忘了如何呼吸的絕望錯覺。

他看到電視螢幕中所拍攝到的那棟大樓好高、好高，如果從頂樓跳下來，肯定不可能活命。

除非有奇蹟發生。

不可能。

不可能會活著。

遲早的事。

母親總是一試再試，偏執狂似地要試到直到自己真的消失在這個世界上，才肯罷手。

他試著安慰幾近崩潰發狂的自己：這不是他生命中第一個不幸的開始。

只是其中一個。

只要這麼想就好過多了……

這時，他聽到電話鈴聲響起，不停歇地響著。

緊接著，還有人在按門鈴。

然後，家裡的佣人一一朝他走過來，有的人手上還緊握著手機，有的人甚至摀住嘴，卻掩飾不了臉上滿是驚恐萬分的恐怖神情。

沒錯，他的人生就是充滿著一幕又一幕的悲劇。

司空見慣的他，又怎麼需要難過？

又怎麼需要哭？

母親那個騙子曾經說過的那些話，始終迴盪在他空洞的腦海和軀殼裡，一遍又一遍地播放著：「對不起，辰影，但假如有一天我消失了，你千萬不可以來找我。」

腦袋裡的聲音嗡嗡作響，他除了這些話，什麼也聽不見。

就像個快溺死的人，他奮力地想抵抗被海水淹沒的恐懼，可是，下一秒，母親的臉和那位被他撕毀情書的女孩的臉卻又疊合在一起了——

他的生活如此支離破碎。

就像是手機的殘骸。

母親的殘骸。

一定是上天懲罰了他，因為他冷漠無情地撕毀了一個女孩滿滿愛意、天真浪漫的那顆心。

活該。

報應。

沒錯，這就是報應。

紀辰影，就是這麼一個該死的人。

受到報應是應該的，這叫做自作自受。

他應該要繼續這樣，受到報應，直到死為止。

第四章　焦灼的渴慕，妳眼中會有我嗎？

1

芮舒映病癒後返校的第二天，所到之處仍持續引發陣陣騷動。

班上與紀辰影交情還算不錯的男同學何在侑一早瞧見他，就走到他旁邊，發出嘖嘖的讚嘆聲，一手按住他的肩頭調侃說：「辰影，真羨慕你！要是我有那麼美的校花女友，一定每天都期待上學！人帥真好！」

「她不是我女朋友，願意的話，我可以幫你跟她表白。」

「不用了，謝啦，辰影，你這毒舌派，誰知道你會不會幫倒忙！」

「哼。」

紀辰影沒好氣地把書包扔到椅子上，一邊脫下身上的外套，一邊不由自主地把視線移往左湛漾的座位方向。

只見她纖瘦的背影顯得有些單薄、無助，一個人似是無聊的坐在位置上。

在等待第一堂課鐘聲響起前的閒暇空檔，她還心不在焉的翻閱手上的課本，就算把書拿顛倒了也沒察覺。

真是個笨蛋。

不過，幸好這傢伙總算出現了。

望著她孤零零的身影，紀辰影產生一種想上前與她打聲招呼的衝動，至少捉弄一下她也好。

正當他打定主意，想好應有的台詞後，才剛踏上前沒幾步，班長倪子笙竟領先一步的溜到了左湛漾旁邊。

倪子笙一鼓作氣地將手上抱著的兩三本筆記本和幾張考卷，通通擺在左湛漾的桌子上。

紀辰影先是嘆了一口氣，抿抿嘴，旋過身，打算折回自己的座位。忍不住怨恨起他與她之間座位相隔的距離……

不過，下一秒，他再度興起了另一個念頭。

於是，他又旋過身，若無其事的走到左湛漾的左邊，兩手插在口袋，挑眉輕蔑的瞪視著站在左湛漾右側的倪子笙。

倪子笙一接收到這股充滿敵意和殺氣的視線，就跟著眉頭皺起，無奈的說：「辰影，你怎麼最近一直想找碴啊！」

「找碴？有嗎？」紀辰影聳肩，抬眼看了天花板一眼，隨即又把目光挪回倪子笙臉上，接著用略帶威嚇的口氣說：「我只是很想建議班長一件事情。」

「什麼建議？」

「就是希望身為班長的你，能主動提醒班導換座位。」

「換座位？為什麼？」

「我是為了視力著想，不想一直坐在最後面。斜睨著眼，看一些蒼蠅飛過來飛過去，有礙觀瞻。」

「你、你不是視力向來都很好嗎？而且！重點是，你說的蒼蠅是什麼啊？」

「反正我的建議就是換座位，愈快愈好，換座位不是很普通的一件事嗎？」

「是這樣沒錯啦！」

「第一節課剛好就是班導的課，所以待會就可以先換。」

「辰、辰影！不要那麼霸道好不好？換座位是可以，只是……只是距離上次換座位，好像也才幾個禮拜不到，這也要先跟江老師商量啊！」

「班導向來不都很信任你？怎麼？不然我自己換也可以吧？」紀辰影故作痛苦的把左手摀在雙眼上，假惺惺地發出痛苦的呻吟聲，並用憂愁的口氣說：「再這樣下去，我真的很擔心自己的視力會受影響。因為從我的座位望去，盯著講台的角度都只能是斜的，到底還要忍受多久……」

儘管內心深深地為自己的厚臉皮感到丟臉，可是他還是不肯放棄所有的機會。若是以前，他根本不可能會為了這種雞毛蒜皮和班長爭辯。

「誰叫辰影你每次都私下偷偷跟別人喬好位子，而且每次都堅持坐在同一個老地方，怪得了誰？變成斜視也不是班長的責任啊？而且……而且你老是愛瞪人，該不會那根本就是斜視造成的吧？」

「喂！倪子笙，我的眼睛已經嚴重感覺不適了！你可不可以不要東扯西扯？」

「我的天啊，紀辰影，你真的不是普通任性耶！這真的很強人所難耶！」倪子笙困擾的發出哀鳴。

「我只是實話實說。」

「……你到底是想怎樣啊？沒理由突然想換座位吧？」

「等等，我覺得這裡視野好像還不錯，空氣也很新鮮……倒不如我就跟她旁邊的同學換位子。」

紀辰影指了指左湛漾隔壁，一位正埋頭滑手機點閱線上連載漫畫的男同學。

被夾在中間的左湛漾，望向紀辰影，表情略顯不安與為難，一下子想放下手上的書本，一下子又覺得這麼做好像會引起反效果。

最後她索性維持和上一分鐘相同的動作，繼續假裝發呆，她的指尖不斷地在書頁遊走。

紀辰影覺得她像是隻豎起耳朵仔細聆聽聲音的小貓，傻傻地以為旁人不知情，擺動的貓咪尾巴卻洩漏了一絲絲的端倪。

同樣的，隔壁那位看漫畫的男同學，想來也是一直偷聽到這兩人的對話，並非真的專注在手機畫面。因為他快速轉頭瞥了一眼紀辰影那最角落的位子，又回過頭來心動的對紀辰影說：「好啊，我可以跟你換，那是個好位子。」

當然，可以讓你每天偷偷滑手機、看漫畫不容易被發現的位置，不是好位子是什麼？

紀辰影忍住了嗤之以鼻的笑意，心裡暗自想著。

「對吧，我的老位子可說是個上等的好位置，但為了我的眼睛著想，我這次真的不得不換。」紀辰影滿意的拍了拍男同學的背，隨即又以一種由不得你的語調對倪子笙說：「這樣很合理吧？」

沒等倪子笙來得及反應，左湛漾隔壁座位的男同學就在紀辰影慫恿下，擅自與他互換座位了。

2

「你……為什麼總是這麼我行我素？」

第一節課鐘聲響起前的那一瞬間，紀辰影耳邊傳來鄰座的左湛漾所發出的小小呢喃聲。

一開始，紀辰影誤會她可能時間點抓得不對，所以才會沒讓鐘聲蓋過她的聲音。

但下一秒，他又直覺左湛漾就是故意要讓他聽見這番話。

而不管怎樣，紀辰影根本來不及回嘴，鐘聲就緊接著響起，江老師也在同一時間走進教室。

不過，有可能嗎？

左湛漾看起來實在不像那麼心機的人。

像她這樣外表如溫順小貓咪的小生物，應該不至於敢光明正大對人張牙舞爪吧？

此外，剛才她不也沒反對讓他坐隔壁？

她大可提出異議。

但是，她並沒有，顯然是很容易放棄掙扎的類型，不是嗎？

講台上的江老師拿出點名板。在正式點名前，他雷達般的視線往下朝全班同學掃視了一遍，直到最後，那道檢視的目光終於完全定格在紀辰影身上。

「辰影，你為什麼坐在別人的位子上？還有你，達全，你們兩個是吃錯藥了嗎？為什麼不經老師允許就隨便調換座位？」江老師語氣帶著一絲不悅說：「現在立刻給我換回來！」

紀辰影一手托著下巴，搖了搖頭一口回絕：「不要。江老師，我們剛才已經徵求班長同意了。」

「喂、喂，我……我什麼時候有說……」倪子笙替自己辯解。

「哼，你明明就有。」

那名自願與紀辰影交換座位的男同學達全，突然插嘴：「老師，紀辰影說他眼睛不舒服，坐在我原本的位子對他的視力比較好。」

「他說得沒錯。」

紀辰影臉上露出敷衍的笑容，訕笑了幾聲，他可以感覺到江老師簡直就快氣炸了。

「紀辰影，你眼睛到底有什麼毛病……好吧，撇除視力的問題不說，你身高那麼高，坐在現在這個位子，不是會擋住後面的人嗎？」

江老師忿忿地反擊，用點名板敲了敲講桌，一副質詢的模樣。

「不會啊，我挺瘦的，只是高一點而已，怎麼會擋到人？後面的同學又不是僵硬的木頭人，他們就算真的覺得稍微有擋到，也可以自行調整身體和頭部的角度吧？老師，如果你不反對的話，我可以配合斜倚著上課哦，只是我怕督學看到會有微詞，因為這麼一來我就必須把我修長的腳放在桌上，可能會踢到前面同學的頭。不然，我就把椅子調低一點不就好了？

學校課桌椅的設計可不是蓋的，你看看，這不就都是當初我爸捐贈經費給學校時，指定專業設計師為學生量身打造的課桌椅嗎？多人性化的椅子。」

話一說完，紀辰影就站起身。離開座椅旁，若無其事的彎下腰調整椅子的高度，還刻意虛情假意地問了後面的同學會不會遮住他的視線。

對方愣愣地直搖頭，看得都傻了。

何在侑也跟著瞎起鬨，大笑著說：「哇靠，這已經不是人帥任性了，這根本就是人有錢就可以隨便耍脾氣。」

「何在侑，你不說話沒人會把你當啞巴！」江老師又接著咕噥了一聲：「……真是一群討厭的小屁孩！」

全班都笑翻了。

3

下課後，班上幾個男生包括何在侑都跑來紀辰影身邊，嘻嘻哈哈地說：「欸，你剛剛有沒有看到江老師的表情，超好笑的，我剛有一種他想殺了辰影的幻覺。」

「真的好好笑，班導根本完全栽在辰影的手裡，沒辦法，有錢人的兒子嘛！連江老師也沒轍！」

有錢人的兒子？

紀辰影產生一陣因矛盾而生的不適感，他明明不想與父親劃上等號，卻又時常自然而然地因著他的關係而得利。

確實，父親對他而言，儼然快變成金錢與權勢的代名詞了。

「說實在的，辰影，你為什麼想換座位啊？這裡視野真的有比較好嗎？」何在侑在他耳邊壓低音量說：「你該不會是想換點不一樣的口味吧？」

說完後，何在侑還擠眉弄眼地裝出色瞇瞇的眼神，瞄了左湛漾的座位方向，幸好主人並不在位子上。

「閉嘴。」

紀辰影厲聲制止他的玩笑，把他往人群狠狠地推了一把。

「哎喲！別生氣啦！我跟你鬧著玩的！你看看，你女朋友來質問你了，趕緊接招！」

何在侑識相地閃到一邊去，並拉扯其他男孩們到教室另一端的角落繼續嬉鬧。

只見芮舒映直直地朝紀辰影走過來，臉上滿是不解。

原本她打算像以前一樣親暱地往他懷裡跳，卻沒料到紀辰影迅速地主動伸出手——倒不是迎接，反而是做出了一個阻止她躍上前的抵抗動作。

她詫異地退了一小步，兩手叉腰，氣呼呼地嘟著嘴說：「辰影，我說你真的變了，你真的變得很不對勁……你討厭我了嗎？」

「沒有，我只是希望我們保持一點距離。」罪惡感莫名地從胸口擴散開來，他補充說明：「我不想讓其他人誤會，這樣對妳也不好，總不能被大家誤以為妳已經死會了吧？」

「我是已經死會了呀，」芮舒映走上前一步，輕輕戳了戳他的額頭說：「跟你。」

紀辰影靜默了半晌，才說：「芮舒映，拜託，饒了我吧。」

「……你果然討厭我了，我做錯什麼事情了嗎？」芮舒映眼睛瞪大，她的聲音忽然帶著哭腔。

「沒有，可以不要再追問了嗎？真的很煩。」

「好吧，可是我想問的是，你想換座位的真正理由是什麼？」

「喂，這有什麼好大驚小怪，我想換就換……」

「感覺事情沒那麼單純，我是穿越到了另一個世界了嗎？辰影，你怎麼和以前差那麼多？你是不是在我住院期間摔壞了腦袋？還是真的像江老師說的一樣，吃錯了藥？整個人的性格和興趣都變了！」

「妳才吃錯藥了。」紀辰影白了她一眼，失去了耐性：「另一個世界？哼，想像力不是普通豐富。」

這時，班上的英文小老師突然走到講台上，提高音量對著全班說：「各位，英文老師說待會直接到圖書館集合，老師說要大家自己去挑選一本外文小說，當成這次學校小論文比賽的題目。」

「唉唷！好麻煩喔！該不會要強迫大家都要報名參加吧？上次報名表不是說是自願的嗎？」

「這就是英文老師的Style啊，她就喜歡搞這一招！強迫中獎！」

「聽說她要幫圖書館主任衝報名人數，沒想到老師腦筋動得真快，居然對我們這些幼苗下手！」

「抗議！抗議！這擺明就是老師和主任的陰謀！」

全班哀號遍野，慘叫聲不斷，但最終還是一一屈服了，只得乖乖地聽從指令。同學們紛紛起身，前往圖書館報到。

看到班上同學皆三五成群的走出教室，芮舒映伸出手想要牽住紀辰影的手，她說：「走吧，辰影，我們一起去。」

紀辰影卻迅速撥開她的手，因為就在上課鐘聲響起的同時，他眼角的餘光瞄到了這才姍姍走進教室裡的左湛漾。

紀辰影敷衍了事地對芮舒映說：「我想先去上個廁所，妳先去吧，順便幫我佔位子好了。」

「佔位子？有需要佔位子嗎？」芮舒映喃喃自語地說。

這時，班上的小舞和她的另一個夥伴恰巧還沒離開，就招呼芮舒映說：「一起走吧，舒映，不然待會遲到太久的話，老師會生氣喔！」

「……那好吧。」

芮舒映狐疑地盯了正假裝踏出教室往廁所方向去的紀辰影幾眼，才勉強跟在小舞她們後面離開。

4

確定班上同學都走得差不多的時候，紀辰影才又從門口晃進教室。

果然，那個白痴還坐在原地。

紀辰影望著左湛漾的側臉，發覺她根本心不在焉地從抽屜中拿出英文課本，壓根沒留意到教室除了她和紀辰影之外，全都空空如也。

紀辰影腳步輕盈的走到講台上，清了清喉嚨，模仿老師教訓學生般的語氣，嚴厲的說：「左湛漾同學，上課發什麼呆！」

他觀察到原本出神發呆的左湛漾肩膀猛地顫抖了一下，顯然是由於突然間聽到自己的名字從講台上方傳來，而深感錯愕。

她抬起頭，那張蒼白、小巧的臉蛋寫滿了驚恐和不安，給人差點把她嚇得心臟麻痺的錯覺。

等到她澈底回過神，並意識到自己被在台上噗哧笑出聲的搗蛋者捉弄後，她整個臉一下子紅了起來，唇瓣微張，一時之間說不出話來。

也就在這麼一瞬間，他與她，再次凝視彼此，時間彷彿在這一刻巧妙的靜止了，凍結在某個冰封的時空。

紀辰影收起笑容，表情趨於嚴肅，竭力保持冷靜。儘管如此，他內心的躁動卻難以平復。

他的雙頰發燙，整個腦袋好像有一壺煮沸的水在裡頭燒，喉嚨也變得很乾。他覺得自己快瘋了，快被這樣難以抑制的情緒淹沒了。

這麼強烈的情緒波動，根本就不像他。

而她，卻反而逃避似地垂下了眼簾，一如最初的印象。她沉重的思緒宛若蒙著的黑紗，讓她整個人都變得如此陰鬱、冰冷。

紀辰影為了設法掩飾自己慌亂的情緒，刻意想用指責的口吻說：「我問妳，妳昨天為什麼沒來？」

雖然在講完這句話之後，他才意識到自己的聲音聽起來笨拙極了，居然是一種微微顫抖的沙啞嗓音。

左湛漾沒吭聲，低頭不語。

站在講台上的紀辰影，兩手無力地撐在講桌上，不知該如何是好，不知該如何應付沉默的窘境。

就在他尋思著該如何化解窘境時，左湛漾再度抬起頭。

蒼白的臉蛋，依舊毫無血色，且就在他們目光即將交會之際，她迅速別開了臉，望向教室側邊透亮卻緊閉的窗戶。

「我有必要回答你嗎？」她的聲音略帶哽咽，卻又逞強的深吸了一口氣，繼續斬釘截鐵地說：「不要以為你跟我很熟，對我而言，你根本連朋友都算不上，請不要打探我的隱私。」

「我本來就不想跟妳當朋友！」

按捺不了焦躁雜亂的思緒，紀辰影情不自禁地脫口而出。

而這毫無壓抑的音量，在只有兩個人的空蕩蕩教室，顯得格外大聲。

「既然不是朋友的話，我就沒有必要回答你的問題。」順著他字面上的含意，她的語氣堅定，像是佔了上風，她把頭轉回來看他，那雙噙著淚水的深邃眼眸帶著固執的意念。

「妳根本沒有聽懂我的話，不過，我總覺得妳不可能不明白我想表達的意思，我真正想說的是——」他覺得呼吸變得有些困難，這是由於緊張所引發的副作用，可是，他想趁著她凝視著他的時候，好好地把接下來的話說完：「我真正想告訴妳的是，我對妳，有一種特殊的情感，不知該如何言喻，也許妳會認為這麼說很俗氣，不過，這就是我真正的意思……我本來想要在昨天早上跟妳說，但是妳沒來，所以——」

該死，他的聲音又不聽使喚地顫抖了。

冷不防的，她打斷了他的話，這次音調顯得更為平靜，而且是他從未想像過會從她的口中說出的話：「紀辰影，我對你，也有一種特殊的感情。」

紀辰影不敢置信的望著她，震驚不已，他不禁重複著說：「妳對我，也有一份特殊的感情？這、這是真的嗎？」

她輕輕地點頭，不假思索的答道：「沒錯。」

這是在作夢嗎？

他沒聽錯吧？

紀辰影手足無措的注視著她，彷彿他有生以來從未聽過任何一句比這句話動聽的話，他受寵若驚的摀住嘴，剎那間不知道該怎麼回話了。

「可是，」她停頓了一下，仔細端詳他的表情變化，眼裡棲息著難以理解的陰霾：「正是因為如此，我希望我們之間除了課業上必要的聯繫之外，永遠都只維持著同班同學般的相處方式就好。」

她的這番話，簡直就像是晴天霹靂殘酷地打在紀辰影身上。霎時間，他覺得自己好似忽然被一桶冰水潑灑在臉上，上一秒的喜悅之情全消失殆盡，整個人從虛幻的夢境中一下子清醒過來。

他無助的問：「這是什麼意思？妳剛才明明說妳對我也有一份特殊的感情，為什麼會說出這麼矛盾的話？」

「原諒我，我不想多說什麼。」她簡短的回答，從她的臉上除了哀傷之外，看不出有任何可能的線索。

「……是因為妳家人不允許妳談戀愛嗎？」

「不是。」

「不然到底是什麼？」

紀辰影的口氣變得咄咄逼人，隱約之中，他發現此時此刻的自己完全變成了像芮舒映那種偏執、蠻橫的人。

以前的他，可不會像現在這樣窮追不捨的問話。因為以前的他，對大多數的人事物，都漠不關心。沒有什麼值得他掛念的事，更別說好奇的事。

反觀現在的自己，變得真的很奇怪，芮舒映說的確實沒錯，他改變了。可悲的是，他覺得自己變得比以前還要無助……

「你非得知道理由嗎？」

「……對，我非得知道不可！」他聽見不爭氣的自己，還在拚命地掙扎。

一個厚顏無恥又死纏爛打的爛人。

多麼令人鄙視。

可是，他卻想從她口中聽見一個足以心服口服的理由，來勸退自己，不再繼續執著於她。

「上次，你約我出去見面的那一天，去藝廊看畫的那一天，我原本想跟你說的……可是，後來，我又改變主意了。我承認自己是個心志不堅定的人……仔細想想，有些話還是不說比較好，說了反而會受傷……我真希望我剛才什麼都沒說。拜託你，不要再問下去了。」

「什麼叫做『有些話不說比較好，說了反而會受傷』？妳是在耍我嗎？隨便編造一個假裝對我有特殊感情的理由，給了我希望，卻又同時給我絕望。這算什麼？妳知道嗎？我寧可從妳口中聽到實話，我寧可妳直截了當地告訴我，說妳討厭我。」他的思緒像斷了線的風箏，整個身體變得麻木失去知覺，只剩下嘴巴失控地運作著。他失去理智似的失笑出聲，然後沉默幾秒又接著說：「對了，我想起來了，妳提到我們去藝廊的那一天，我差點就忘了。不，我永遠都不可能忘記，只是我一直自欺欺人，希望那是妳的口誤。妳說，妳可能是這世界上最恨我的人……原來如此，這終究仍是妳真正的想法？所以，是我這個混帳誤會妳剛才所說的意思了，妳剛才提到的『特殊感情』，應該和我形容的『感情』意思不同吧？妳其實是對我恨之入骨，所以才說是特殊……為什麼？妳又何必這樣挖苦我？我到底做錯什麼了？妳有必要這麼恨我嗎？」

說完後，他對自己的處境感到無地自容，雙眼發熱，他覺得不甘心，可是卻又無能為力。

被自己喜歡的女孩恨之入骨，對方又堅持不告訴自己真正的理由，紀辰影，你根本就是一個大笑話，可悲之人……

他握緊雙拳，努力想抑制自己悲痛的情緒。

「說的沒錯，我絕對可能是在這個世界上最恨你的人……」左湛漾沒有否認，她所說的每個字都像用針狠狠地刺痛他的心。「但是，其實我更恨的是我自己，我說過了，我終究還是個心志不堅定的人。我所說的特殊情感，指的並不是單方面的恨。然而，因為某些我不想說的理由，我得不停的提醒自己，絕對不能喜歡上你。沒錯，你對我來說，的確是個很特別的存在，在你還沒有發現我之前，就一直是這樣子。」

說完後，她閉上了雙眼，兩行淚順著那蒼白的臉頰滑落。

「……妳把我弄糊塗了。」他手足無措的說。

紀辰影不懂她對他的複雜感情究竟從何而來，此時他覺得情況不見得如同剛才他所想的那樣悲觀。只是一向習慣把別人的愛排拒在外的紀辰影，對愛情並不真的涉獵那麼深。他只知道自己依然還是很喜歡她，依舊還是非常渴求她的愛，渴望能得到她的認可。

他本來還想追問下去，然而，從走廊上響起了一陣急匆匆的腳步聲，很快地一個人影從門外晃了進來——

「怎麼沒有來圖書館上課？英文老師剛才有點名，她很火大！」滿頭大汗的英文小老師氣喘吁吁地朝教室裡的兩個人大喊，可見是被怒氣沖天的英文老師指使，只得賣力地從圖書館一路狂奔回教室叫人。

左湛漾深吸了一口氣，她迅速抹去臉頰上的淚水，然後疑惑地對英文小老師說：「……圖書館？」

「紀辰影，你沒跟左湛漾說嗎？我記得剛才上課前我宣布要去圖書館上課的時候，你也在啊！」英文小老師忍不住嘀咕了一下。

紀辰影咬了咬下唇，繁亂的心情雖然還難以平復，但是他還是試圖讓自己的聲音聽起來恢復平常冷淡的語調，他隨意指了指牆上的白板說：「你自己還不是忘了把宣布的事情寫在白板上，那也是你份內的工作吧，小老師。難道你能保證剛才下課全班同學都在教室？」

「噢、說的也是，我忘了……對不起啊，我以為全班都在，應該是都在的啊……誰知道偏偏漏掉了一個……」

英文小老師心虛地搔搔頭，對左湛漾露出愧疚的眼神，他根本沒留意到紀辰影狡猾地順勢把錯歸咎在他身上。

「沒關係。」左湛漾小聲地說，之後她快速起身，不經意地又回頭瞥了紀辰影一眼後，就立刻跑出教室外了，像極了一隻倉皇而逃的小野貓。

當看著她的身影消逝在門後之際，他產生了一種永遠都無法留住她的錯覺。

5

等到他拖著行屍走肉般的沉重步伐來到圖書館，班上同學已在老師個別的指導下，陸續選好了要拿來撰寫小論文用的書。

紀辰影一推開圖書館厚重的玻璃門，目光就不自覺地搜索起左湛漾的身影。

他恨這樣不爭氣的自己。

沒想到自己竟然會是那種就算自尊被踐踏在腳底，也無法輕言放棄的人。

他不是不敢放棄，而是他還沒有找到放棄的理由。一個好理由。

正如同芮舒映一樣，他們都在苦苦地等待，等待喜歡的人對他們說出一個理想的拒絕理由。編造的謊言也好，只要有個明確而不模稜兩可的解釋，都可以讓他們心滿意足地打退堂鼓。

是啊，為什麼他明明可以好好地拒絕芮舒映，至今卻無法給她一個明確的理由？

也許是，芮舒映讓他想起手機通訊軟體的那個人，曾經活著的那個她，那個暱稱被改為騙子的那個人。

他無法狠下心來推拒一個像母親一樣老是進出醫院的人，同樣為愛痴狂到近乎可憐可笑的人……

在以前，難以拒絕芮舒映的原因確實可能是那樣。

然而，現在卻不只是那樣。

現在有了一個更確切的原因，自從左湛漾出現後，他害怕喜歡左湛漾的祕密一旦被芮舒映發現了，會帶來負面的影響……

雖然，祕密，總是很難守住的。

這時，他沒有在書櫃間找到左湛漾，連個影子都沒瞧見，她似乎是巧妙地藏匿起來了。反正，她的保護色，透明的顏色，總會如影隨形地保護她，就算對紀辰影而言，她不再是虛幻透明似的存在。

但是，當他移動腳步時，他只得想像，也許她會順著他移動的步伐，隱沒到某個他看不見的死角？

也許，她從以前就都是這樣了？

畢竟她曾提到：「在你還沒有發現我之前」，這似乎意味著有很長的一段時間，她都用同樣的方法，避開他的視線可及範圍。

為什麼？

他不明白。

照理來說，在以前，他們的生命不曾像現在這樣交錯過，不是嗎？

他沿著一排排的書櫃走，一邊思索，一邊左右張望。

忽然，他看見了前方不遠處，有幾名同班的女孩圍繞在期刊區的閱覽桌旁，交頭接耳地聊天，似乎正在分享所謂女生之間的悄悄話。

但當他快走近時，只見其中一名眼尖的女孩立刻用手肘推推身旁的同學，還發出了一連串不自然的咳嗽聲。

於是她們全部的人一下子都停止對話，紛紛轉過來看著忽然停下腳步，正露出納悶神情的紀辰影。

這時，他發現那位用手肘推人的女生，原來就是上次想強迫左湛漾換組的小舞。

小舞心虛似地避開了紀辰影銳利的視線，心不在焉撥弄瀏海，低下頭假裝在看自己的鞋子。

「嗨，辰影，你怎麼現在才來？」

這群人中，原來也有芮舒映，她倚靠在期刊架旁的牆上。

一開始沒被紀辰影注意到，大概是因為她被其他女生包圍著，又或者，他根本沒花半點心思想從人群中找尋她的蹤跡。

「嗯。」他簡略的說。

其實他連這裡也不肯放過，為了尋找左湛漾，他承認自己正在做地毯式的搜尋。

所以，在場的每張臉都被他掃視過一遍。

沒有。

左湛漾沒在這裡。

他旋過身，打算往下一個方向前進。

不料，芮舒映又出聲叫住他，還走向前，一手輕觸他的背說：「……辰影，你剛才在教室跟那個女生聊了什麼重要的事情嗎？」

紀辰影內心略感訝異。

然而，他卻不動聲色，轉過身來，神情自若地反問：「是誰這麼八卦？偷窺狂嗎？」

芮舒映雙手放在身後，偷偷瞥了瞥站在一旁緊張兮兮的小舞，然後笑了笑說：「剛才英文老師點名的時候，發現只有你和她沒來，而且遲到那麼久，老師還派小老師特地回教室找人，你們難道不是在聊什麼重要的事嗎？」

「是又怎樣？不是又怎樣？」

紀辰影對小舞投射出一道輕蔑的視線，嘴角勾勒出一抹鄙夷的冷笑。

小舞縮起身子，尷尬地躲到另一個同學身後。

「該不會……」芮舒映忽略了紀辰影對小舞投射的敵意，繼續用意有所指的眼神定定的望著紀辰影：「該不會她跟你表白了吧？」

「沒有。」紀辰影回答得很快。

「那好奇怪，剛才她走進圖書館的時候，好像在哭，老師還很擔心地走上前去想安慰她，結果她話也沒說就一溜煙又跑掉了。」芮舒映說，口氣中似乎含有一絲同情與憐憫。

「……是嗎？」

他的聲音聽起來漠不在乎，可是內心卻隱隱刺痛。

「感覺她好像心情很不好，所以我直覺你是不是拒絕她了？」

「她沒有跟我表白。」

「真的？」芮舒映語調上揚，滿是質疑，又自言自語似地說：「因為她又不是你會看上眼的類型，總不會是你跟她表白才對，而且被表白的人也不可能會哭。」

「哼，妳最好真的知道我喜歡什麼類型。」紀辰影不屑地揚起眉毛，語帶譏諷的回答。

「照往例推論，只要沒比我漂亮的人，大概都沒有勝算，直接出局。」芮舒映又歪著頭，思索了一會兒才又以半開玩笑的口氣說：「撇除這個不說，要比我還漂亮應該有很高的難度，所以，估計辰影喜歡的類型也有可能是男的，我哥哥予熙也許會是其中的人選哦。」

「芮舒映，妳最好繼續胡說八道！」

紀辰影伸出手，假裝想拍她的頭制止她胡亂發言，卻被她靈巧地壓低身子躲過，她甚至還得意地放聲大笑。

笑累了後，芮舒映重新把話題轉回左湛漾身上，她維持一貫憐憫似的口氣說：「不過，話說回來，我真的有點好奇我們班那位叫做左湛漾的同學，不知道為什麼，我對她實在沒什麼印象，假如是個愛哭鬼，我應該會對她印象深刻才對。」

「本來的啊，她又不起眼。」圍繞在芮舒映身邊的其中一個女同學附和道。

「對了，上次舒映妳剛好沒來，左湛漾上次在掃地時間還被紀辰影嚇哭了！」另一個女生彷彿把這當作是在爆料的題材。

「對啊！我真沒想到她的淚腺那麼發達！」

「那天好像和美術課分組是同一天。」

「嗯，對喔，舒映，老師把你們三個分在同一組耶！」

「本來小舞她們很想好心收留她同一組，可是左湛漾竟然拒絕了，我覺得她可能真的很喜歡紀辰影，自不量力難怪會失戀。」

女孩們妳一言我一語，熱烈討論著，連小舞都忘了紀辰影還沒離開，一一把上次看到的畫面形容給芮舒映聽。

而且，她們仍舊認定左湛漾是一廂情願喜歡紀辰影。

殊不知紀辰影心中自認自己才是那個死纏爛打的告白失敗者。

「真的嗎？那我可要好好趁美術課時開導她，以免她繼續被我們高高在上的紀辰影欺負哦！喜歡上紀辰影的人真是太可憐了，這個世界上只要有我一個最可憐的人就夠了……」

芮舒映笑嘻嘻地說，表現出一副很有正義感的模樣。

紀辰影移開目光，不再多作解釋。

多說無益。

反正，膚淺的人們都只看得見表面的東西，而且樂此不疲。

第五章　愛如今在我眼中，美好無暇卻忽明忽滅

1

美術課的時候，美術老師眉開眼笑地在白板上，自由揮灑她那著名的鬼畫符字跡，斗大的字跡寫著：『期末活動：班級作品展覽會。分數分配如下：小組討論三〇％，期末分組作品六〇％，出缺席一〇％』。

班上同學還來不及發出抗議聲，美術老師就迫不及待的宣布：「這是全年級的作品展覽，我希望班上的每一組同學都能盡情發揮你們的創意，構思及形塑出屬於你們自身的藝術作品。距離期末，還有好幾個禮拜的時間，所以同學們可以放心的準備！每一次上課的時候，每一組都要輪流派人上台發表進度。有問題的話，歡迎隨時來找老師。對了，小組討論如果有課後聚會，記得把照片上傳到臉書社團，我會額外加分喔！」

紀辰影專注地聆聽著，他總覺得美術老師上起課來，好像比任何一位同學還要自得其樂。不過，不得不承認，他現在最喜歡上的課不外乎就是美術課，因為分組活動是他唯一有機會約左湛漾出去的寶貴機會，他可不想輕易放過。

他偷瞄了坐在隔壁的左湛漾幾眼，看見她微低著頭，不經意地讓披肩長髮遮住了側臉。因此，他沒有辦法判斷究竟她是不是在發呆，還是閉著眼在睡覺。

「連課後時間也要約出去討論喔？老師怎麼那麼愛欺負人啊……」

「欸，余老師的腦袋真的很有創意耶！」

同學們哀嘆聲連連，覺得很麻煩，看來學校裡似乎沒有任何一位老師能夠完全滿足他們，除了體育課或是社團活動。

在紀辰影心目中，體育課雖然也很有趣，但現在想來，美術課更好玩。

「依照上次的分組，同學們現在可以調整桌椅，併桌討論。題目不限，可以是各種形式的藝術表現。」

老師說完後，大力地拍了拍手，試圖振奮台下同學的精神。

雖然有一部分同學覺得麻煩，顯得無精打采，然而仍然有一些人暗自慶幸期末不必考試。

不管怎樣，同學都各自站起身來挪動桌子和椅子。

總算逮到機會的紀辰影，立刻起身，自作主張地把自己的桌子和左湛漾的靠攏在一起，連讓左湛漾猶豫的時間都沒有。後者露出一臉吃驚的臉，傻傻地看著相隔不到幾公分，紀辰影那張難得咧嘴而笑的臉。

他偷偷地趁著沒人注意時湊近左湛漾，在她耳畔輕聲地說：「在沒有問出被拒絕的原因之前，我是不會放棄妳的。」

「你……」左湛漾吃驚地看著他，良久說不出話來。

紀辰影則靜靜地欣賞她詫異的模樣，覺得她這個模樣挺可愛的。

這時，他們上方響起了一句話：「我們不是三人一組嗎？」

他們不約而同地抬起頭望向聲音的主人。

原來是芮舒映，她雙手抱胸，不悅的蹙眉說：「喂，辰影，你怎麼會忘了幫我留位子？之前在別堂課，還好意思要求我幫你佔位子！我雖然已經出院了，可是，身體還沒有完全康復。你口口聲聲說想當我哥哥，但這算哪門子的哥哥？我缺席這麼久，你應該更關心我才對！」

她說完後，把視線移到正抿著嘴，不知如何是好的左湛漾身上，露出一抹似是友善的笑容說：「嗨！新朋友，同班一陣子了，但我們好像沒說過話？妳叫左湛漾嗎？真是個好聽的名字。我叫做芮舒映，叫我舒映就行了，我是辰影的女朋友。妳應該不可能不知道吧？」

一聽到「女朋友」這個詞，紀辰影深怕左湛漾誤會，於是趕緊澄清：「她才不是我女朋友，我單身——」

芮舒映趁著紀辰影急忙澄清的時候，彎下腰親暱且快速地親了一下他的臉頰：「才不是單身！我們一直都在交往的呀！」

「別鬧了，芮舒映！妳真的很煩耶！」紀辰影為了閃避她進一步的偷襲，馬上站起身來，退後與她保持一兩步的距離，同時氣憤地出聲斥責她：「都已經跟妳強調多少次了。」

這個突如其來的舉動和責備聲，倒是引起了部分同學的側目，忍不住投以驚奇的目光。

倒是左湛漾，她反而用一種漠不在乎的冷淡口氣說：「你們單不單身，都跟我一點關係也沒有，我也沒有興趣。所以，我們現在可以開始討論美術課的內容了嗎？」

「哈……」芮舒映瞠目結舌的乾笑一聲，倒抽了一口氣。她想也沒想過全班這個最沒存在感的女生，不僅不懂得主動跟班上最受歡迎的她示好，而且還一副好像對班上的事情全都不感興趣的模樣。「……算了，妳畢竟剛失戀，所以心情應該不好吧？姐可以理解，所以我今天就趁著這個機會來開導妳。」

芮舒映未經允許就大剌剌地坐在紀辰影的位子上，她近距離地打量起這位近期已經在同儕團體間，引發不少議論的話題主角。發現一旦仔細端詳，左湛漾其實長得並不差，甚至高於平均值之上，只是平常行事作風過於低調，以至於輕易就能被人群的臉孔所淹沒。

紀辰影翻了翻白眼，無奈地把芮舒映的椅子搬過來，挨近左湛漾身邊，然後小聲地對她說：「妳可以忽略芮舒映的話嗎？她就喜歡胡說八道。」

左湛漾轉過頭，淡淡地說：「所以我也可以忽略你嗎？她和你很像。」

「我？我跟她？」紀辰影失笑的問。

「沒錯，你們屬性很像，在一起很好啊。」左湛漾說完後，甚至還拋給芮舒映一個同樣友善的微笑。

這傢伙到底在想什麼？

她是真心這麼覺得嗎？

紀辰影納悶地想著。

「太好了，妳也這麼覺得吧！真是不錯，雖然有些人私底下說了一些奇怪的話，可是我覺得妳其實人還滿好的。妳應該要敞開心胸，跟大家交朋友，至於新的喜歡對象，我可以幫妳介紹更好的。」芮舒映得意的開懷大笑，她瞪了坐在另一側的紀辰影一眼，繼續說：「因為，我聽到別人說妳也喜歡辰影，而且妳不幸被他拒絕了。真是可憐，他本來就是這種人，被他拒絕的女生多得是，連我都曾被他拒絕過。」

左湛漾低下頭，沉默了一陣子，沒有答腔。

這在芮舒映看來，確實像是一個剛失戀沒多久的女孩會出現的反應。

尤其她察覺到，當左湛漾聽到被拒絕這三個字時，左湛漾的肩膀還跟著輕輕顫抖了一下，好像對那個詞感到排斥。

紀辰影則是不耐地用手指敲著桌子說：「芮舒映，妳可不可以停止這個話題？」

「不要！」芮舒映一口回絕，聽起來頗為堅決。

她輕拍左湛漾的背說：「這世界上被他拒絕的可憐女孩太多了，所以，妳絕對不是第一個被他拒絕的女生，也絕對不會是最後一個。」

芮舒映預期左湛漾可能會像班上其他女生傳言的那樣，輕易地就哭了起來，所以還從口袋裡取出了一包隨身面紙，擅自抽了一張塞到她手上。

本以為左湛漾會哭，沒想到下一秒，左湛漾卻忽然把面紙揉成一團，扔在桌上，抬起頭，定睛注視著芮舒映說：「不用妳說，這點，我比妳還要清楚。」

紀辰影雙頰灼熱，他覺得自己的形象在她心目中，簡直已經敗壞到無法修復的境界，他覺得無地自容。

嚴格說起來，在母親死的那一晚，他就已經深刻反省到自己拒絕別人的行徑很可恨，很令人鄙視……

連他也不禁深深地唾棄自己……

不過，他卻又病態地認為，或許母親的死，正植基於他所犯下的每個錯。因為他狠心的踐踏別人的真心，所以上天才會懲罰他，讓他受到喪母的悲痛。

既然這樣，他應該受到更多的懲罰才對。

何況，他也不值得被愛，狠心拒絕那些人所受到的報應，實在是太適合自己了。

因此，就造就了這種可悲的循環模式。

儘管他並非真心有意傷害別人的心，但是，無法彌補的過錯，讓他產生了這種不需要被愛、也寧可永遠都成為一個令人心碎的人。

無時無刻，他總是默默地等待報應的出現。

他期盼，這次的報應，不是失去任何人。

而是，讓他整個人，澈底地從這個世界上消失。

而且，他希望在那之後，沒有人會想念他，沒有人會記得他。

孑然一身。

多美好的一件事。

而現在，上天也許真的聽見了他的聲音，他的訴求，就是讓他愛上了一個可能永遠不可能回應他的愛的人——

原來，是這種懲罰，還真的是相當高明。

他活該。

也許，到他死之前，他還是不會得到所謂的愛。

這不就一直都是他的心願嗎？

除非一直以來都是自欺欺人，否則的話，這個結局有什麼好意外，有什麼好值得難過的？

2

「妳哪有比我還要清楚？我可是這個世界上，最了解辰影的人。我和他，無所不談。」芮舒映說，聽起來很自豪，彷彿這是一件可以到處吹噓的事。她又補充說了：「告訴妳好了，就算別的女生沒跟我打小報告，我最後還是會透過辰影，得知妳表白失敗的事。妳信不信？我今天本來是想安慰妳，不過，妳看來不領情，不願意接受我的好意。」

「妳誤會我的意思了，」左湛漾發出一聲嘆息，緊接著她刻意放慢速度解釋：「我是針對妳剛才所說的話：我根本就沒被拒絕過。這點，我比任何人都還清楚。基於妳可能還是不明白我話中的含意，我只好再說一遍：除了妳剛才說的話之外，我清楚知道，紀辰影並不會拒絕我，而且他從來就沒拒絕過。所以，我並非是妳口中說的，所謂那些被拒絕的受害者之一。長久以來，妳或許一直以被他拒絕的可憐人自居，而且還荒謬地因此沾沾自喜，但我清楚知道在這個世界上，妳並不是最可憐的一個人。這並沒有什麼好得意的，我真心覺得妳這種自以為可憐的樣子，說可悲還比較貼切。」

「妳說什麼？」芮舒映表情驟然一變，顯然不悅的情緒已經累積到最高點。她不敢相信眼前這個行事低調的女生，居然大膽到敢出聲嗆她。

而對於從左湛漾口中說出的字字句句，紀辰影不知該作出什麼反應才好。他開始有一種自己和芮舒映都一直被左湛漾耍弄的錯覺——

「因為妳好像誤會什麼了，所以我不得不跟妳解釋。好了，現在我們可以開始討論作品的事了嗎？」

左湛漾把那團被揉爛的面紙，推到桌面的最上方，然後從抽屜裡拿出一本筆記本，攤開來，在上面記錄了今天的日期。

只見芮舒映氣到說不出話來，她想都沒想過左湛漾居然有辦法壓過自己的氣焰，而且還表現出一副理直氣壯的樣子。

這時，美術老師正好巡視到他們這桌，她好奇地輪流看著靜默不語的這三個人，停頓了幾秒，才說：「你們三個討論得怎樣？三個一組已經比別人兩人一組的多了優勢，我很期待你們會有新的進度。」

企圖緩和氣氛的紀辰影，用極為生硬的語調發問：「任何形式的藝術品都可以嗎？」

「當然！我鼓勵你們自由發揮想像力！」美術老師說：「對了，辰影，你家不是有一間私人藝廊嗎？改天你可以趁放假時，帶著你的組員們一起去參觀啊！」

紀辰影忽然想起，美術老師是一名才華洋溢的藝術家，曾經有作品在父親的藝廊展出過。也難怪她會對他家有私人藝廊這件事情留下深刻的印象……

「原來那是你家的……」左湛漾不自覺的脫口而出，視線對上了紀辰影，用一種被騙了的表情看著他。

紀辰影想起上次對左湛漾胡謅自己是神祕駭客的事情。

所以，她真的當真了？

還以為她不好騙，沒想到真的上當了。

他忍不住笑了出來。

「哦？湛漾也去過嗎？那間藝廊很棒，對吧？」美術老師說。

「嗯，很棒的一間藝廊。」左湛漾把視線從紀辰影臉上移開，朝老師點點頭，發自內心的讚美。

「你還帶她去那裡？」芮舒映插嘴，表情相當不悅。「辰影，你們兩個有那麼熟嗎？什麼時候的事？」

「妳之前都缺席，所以我們只是到那裡找些靈感而已。」左湛漾立刻解釋。

「我又沒有問妳！」芮舒映氣沖沖地說：「妳以為妳是辰影的發言人嗎？我和他，比妳和他還要熟！」

美術老師露出困惑的表情說：「怎麼為了這種無聊的事情吵鬧？舒映，湛漾的意思應該不是那樣，妳搞錯方向了。站在老師的立場，我絕對支持大家課後一起去找靈感，激盪更多的創作能量。」

「……那好，既然老師都這麼說了，那這個週末，我們這一組就一起去戶外活動，激發一下創意啊！」芮舒映咬牙切齒的說，聽得出來她正竭力地想克制快爆炸的公主脾氣。她一邊說，一邊凶狠地怒視滿臉無辜的左湛漾。

「可以啊！要記得多拍照片和影片，上傳我們的臉書社團唷！加油囉！各位！」美術老師雙手合十，雀躍的說，完全沒聽出芮舒映口中的諷刺意味，然後就帶著心滿意足的笑容，前往巡視下一組。

紀辰影有時候覺得美術老師要不是天生少根筋，就是一個不問世事的樂天派。

3

照理說，約會若多了電燈泡干擾，是擾人的一件事。

但，若這是得來不易的一場約會，電燈泡似乎就沒那麼討人厭了。

也許。

這也許是那三人之中的想法。

至少，是其中兩個人所產生的念頭。

紀辰影走進了他們前一天在學校約定見面的咖啡館。

距離約定時間早上十點，還有將近半小時的時間。

咖啡館因為剛開門不久，店裡客人還不算多。

紀辰影點了一杯咖啡，挑了一個較為隱密的位置坐下來，無聊地看著窗外的行人和風景。

只要和她牽扯到的事，他的行為就會變得反常。

就連一向愛遲到的壞習慣，自從認識她之後，好像也漸漸地改掉了。

他想起了上次左湛漾提到的有關遲到的歪理，情不自禁地嘴角掀起了一抹笑意。

真是個怪人。

說起來，芮舒映的加入，不知道究竟是好還是壞。雖然芮舒映老是隨便就掀起爭端，可是卻不知不覺地幫了他一些忙，連芮舒映她自己都不自知。

例如：左湛漾的手機號碼。芮舒映昨天在學校說是為了聯絡方便，硬是要了她的號碼，連帶的，紀辰影也就不花吹灰之力地得到了這組本來不可能要到的數字。

就連今天這場算不上是約會的約會，也是同樣的方式。

在這之前，他從來就不曉得芮舒映原來笨到可以在戀愛上幫他神助攻。而且，還是在不知情的情況下。真是有夠諷刺。

他拿起手機，嚥了嚥口水，深吸了一口氣，由於好奇心使然，讓他的手指不由自主地滑向了左湛漾的手機號碼，輕輕地壓了一下撥號鍵。

螢幕上立即出現了一個正在撥號中的圖案。

他的雙眼緊盯著手機的撥號畫面，一顆心起起伏伏。

撥號鈴聲大約響了十來次，仍舊沒人接聽。

也對，她幹嘛接聽陌生人的電話？

她向來就不理人，連同學都懶得搭理了，何況是陌生人？

他取消了撥號……

反正早就有心理準備了。

可是，雖然想是這麼想，他還是死盯著螢幕，默默地再一次按了撥號鍵。

「客人，咖啡來了。」

這時，一杯咖啡遞上。

「謝謝，放著就好，我待會還有其他的朋友會到。」他隨口說，連頭也沒抬起，持續專注在手機的畫面上。

「喔……不過，客人，我們現在臨時要打烊了。」端上這杯咖啡的人說。

「打烊？別開玩笑了！不是才剛開——」紀辰影不耐煩的放下手機，抬起頭很不客氣地喊道。

只不過，他話說一半就自動住嘴了。

因為他原本以為端來咖啡的人肯定是店員，沒料到居然會是芮舒映那同父異母的哥哥——予熙。

紀辰影震驚地看著來人正不請自來的坐上了他對面的空位，優雅地啜飲手上的另一杯咖啡。

「予、予熙哥，你怎麼在這？」紀辰影愣愣地問。

予熙放下咖啡，反問：「這間店有規定我不能來嗎？」

「是沒有……不過，你不覺得你剛才的行為很幼稚嗎？」

「會嗎？比起你一天到晚捉弄女生，我這行為算得了什麼？」

紀辰影駁斥：「捉弄女生？我才沒有。」

「我早就說過了，你這張臉真的是公害。」

「哼，彼此彼此。」紀辰影喃喃的說：「你也沒好到哪裡去。」

「我的風評向來很好啊。」

「風評都是做出來的。」紀辰影不以為然地說，然後又接著問：「對了，你到底為什麼會出現在這裡？該不會是芮舒映叫你來的吧？不過你怎麼沒跟她一起來？而且，你怎麼會這麼早就出現？」

「你的問題未免也太多了吧？我不知道該從何回答起，不過，我聽舒映說，最近有一個美術課同組的女生欺負她。」

「哼，胡說八道。」紀辰影生氣地說。

「而且，她還說，怕你被那個女生搶走，她說那個女生長得……什麼『雖然在班上很不起眼，其實仔細看還挺有姿色的』、『一看就知道是狐狸精』之類的奇怪的形容詞。」予熙一邊憋笑一邊說。

「要不是看在她是朋友的份上，我一定會立刻跟她絕交。」紀辰影氣急敗壞地說。

「……聽起來，你好像很喜歡那個女生？」予熙把身子傾上前，裝作一副神祕兮兮的模樣。

「不關你的事！你來這裡就是要問我這些蠢問題嗎？我記得你不是兼職模特兒嗎？什麼時候改行當八卦新聞的記者了？」紀辰影不爽的拍打桌子，一下子對予熙失去了耐性。

「這事關我妹妹的幸福，若是如此，代表她這次可能真的會失戀。所以，我當然得來了解一下狀況啊。」

「我才不信！你還會特地來這裡，一定是芮舒映那個白痴叫你來的，否則你怎麼可能知道今天約定的時間和地點？」

「的確是她跟我說的，至於約定的時間，我推想，假如一個男生很喜歡另一個人，他大概會提早一點時間到達約定的地方，畢竟這是基本的紳士禮儀。所以我就按照這個邏輯來到這裡了。沒想到你真的提早到，我忍不住覺得自己果然是個天才。」予熙說完後，又喝了幾口咖啡，順便用那雙狹長的眼審視紀辰影的臉，似乎想找出更多的答案。

「哼，按照你的神邏輯，你也早到，不就代表你也暗戀我？」紀辰影冷冷地瞪著他說。

「紀辰影，你不想聽舒映叫我來這裡的真正理由嗎？」予熙低下頭，看了看手上的錶，又抬起頭，竭盡所能地儘量壓低聲音說：「要是她待會來了，我就沒機會跟你說了，因為她私底下要我幫她保密。」

「那白痴跟你說什麼？保密什麼？」紀辰影翻了翻白眼，沒好氣地問。

予熙神祕兮兮的勾勾手說：「你，附耳過來。」

「幹嘛？這裡又沒人會偷聽到？」紀辰影差點沒氣到把咖啡直接潑到予熙臉上，但是好在他還是忍下來了。

「……你的手機，還在通話中，不是嗎？」予熙指了指紀辰影剛才擱置在桌上忘了取消撥號的手機，一副好心提醒的樣子說：「遠遠的從我這個角度看，暱稱雖然應該不是芮舒映，但我可不想被其他的人聽到……」

通話中？

這代表著手機被接通了？

不會吧？

為什麼偏偏選在這個時候……

而且，到底是什麼時候把電話接起來的——

紀辰影鐵青著一張臉，想把原本擱置在一旁的手機拿起來，但卻因為太緊張，導致自己的手竟不聽使喚地顫抖，差點就把手機滑落在地上了——

予熙小聲提醒：「小心點！」

「嗯……」他尷尬地拿起手機貼在耳旁，支支吾吾地說：「嗨……」

沒想到，手機卻一下子傳來對方默不吭聲掛掉電話的聲音。

不曉得是否該鬆一口氣，還是惋惜沒能說到半句話，他與左湛漾的第一通電話就在這麼尷尬的情況下，結束了。

而且，最糟的是，眼前還有予熙這個瞇起雙眼，絲毫不掩飾笑意的討厭鬼。

他再次偷瞄了桌上的手機一眼，確定這次真的有結束通話。

左湛漾，她剛才到底聽了多久……

接起電話後，居然連一聲也不吭……

紀辰影焦躁的揉了揉太陽穴的位置，試圖回想剛才與予熙的對話，是否有任何不妥的地方……

「剛在電話中的人……是那個女生嗎？」予熙開口問：「叫做左……左湛漾的女生吧？」

「你怎麼會知道她的名字？」紀辰影驚訝地問。

不過，問完這個問題後，他才想起，應該是芮舒映告訴予熙的。

「是舒映告訴我的。」

果然。

「哼，你對她的名字還記得挺熟的。」紀辰影不高興的說。

予熙沉默了半晌，然後稍微歪著頭望向紀辰影說：「她有個特別的名字，這個名字並不常見，而且……坦白說，在舒映還沒跟我提到這個名字之前，我老早就看過了。」

「看過？什麼意思？」紀辰影不解地問。

「對啊，她的名字我早就見過了，有時候我總覺得世界很小，總會發生許多意想不到的事。」予熙若有所思地感慨說。

「你在哪裡看過？布告欄嗎？還是什麼地方？」

紀辰影想不透到底為什麼像左湛漾那麼低調的人，會讓身為全校風雲人物的學長有所印象。

有一種非常不是滋味的感覺，從內心深處升起。

予熙慢條斯理，露出一副刻意賣關子的模樣：「為什麼我要跟你說？你這麼在意的理由是什麼？你喜歡她嗎？那個叫做左湛漾的女孩？」

紀辰影不悅地捶了捶桌子說：「我就是要知道，不要那麼多廢話！」

「嘿，這是拜託別人告訴你的態度嗎？奇怪了，在我的印象中，紀辰影向來是個對周遭人事物冷眼旁觀的人，怎麼忽然變得這麼熱情？這就是所謂愛的力量嗎？我今天真的是來對了，紀辰影，你真的令我大開眼界……」予熙伸出手，故作關愛的表情一邊說，一邊試圖揉亂紀辰影的短髮。

紀辰影浮躁的撥開他的手，重新整理自己的頭髮，惱怒地說：「算了，不說就算了，討厭的傢伙！」

予熙收起笑容，用慎重其事的態度嚴肅地說：「看你這麼想知道，我只好跟你說了，不過你要答應我，不要講出去，因為這有點違反規定。我是相信你，才願意跟你私下透漏。」

說完之後，予熙從口袋裡拿出手機，放在桌子中央處。點選相簿，用手指滑過一張又一張的相片，直到最後出現一張畫作，才停了下來。

他調整手機的角度，方便坐在對面的紀辰影能看得更清楚些。

「說起來有點可惡，我不該這樣做的，但我就是忍不住，可能著了什麼魔吧？」予熙低頭思索了一下，指了指手機螢幕上的那件畫作，然後又接著說：「確切日期我已經記不太得了，反正那也不是重點。我那天正好有事情去輔導室找輔導主任，恰巧看到主任的桌上擺著幾本繪本。當下，我覺得那些書看起來還滿有趣的，就順手拿了起來翻閱。這純粹是無心之舉，畢竟以前我去找主任的時候，她也時常會推薦書籍，所以我就自作主張地拿起來看。沒想到，忽然就從其中一本繪本，掉出了一張明信片大小的厚紙，我彎下腰撿起，發現是一張用蠟筆繪製的畫，頗有超現實主義的味道……你應該對超現實主義沒我熟吧？反正，我一看就很喜歡，所以就忍不住偷偷拍了下來。因為僅只是一張畫作，我也不會做其他的用途，總覺得若沒拍下來的話，可能會成為遺憾……然後，我又注意到畫作下方很不起眼的位置有署名，上面寫著：左湛漾。這三個字。聽起來不外乎是人名，還是個不錯聽的名字。因此，我才對這個名字有所印象。」

紀辰影靜靜地聽著，他的思緒不停地繞著予熙的話打轉。

而予熙手機所拍下的那幅畫，筆觸很細緻，畫面中央有一雙泛著淚光的眼睛，被關在一個鳥籠裡，包圍在鳥籠外的是一群觀眾，一群比例很小的人物……整體予人的印象，似乎是只有夢中才會存在的古怪場景。

予熙停頓了幾秒，又接下去說：「後來我仔細回想，那張被輔導主任夾在繪本裡的畫，或許是主任不經意放進去，或者是畫作主人看完繪本還回去時，順便把畫放進去……也許是某位學生藝術治療的作品？事後，我反覆思考，覺得未經同意就把畫作拍下來，實在很不妥當，但又不知道該如何向輔導主任啟齒。於是，日子一天一天過去，我後來也因為有一陣子課業和工作兩頭燒，忙得不可開交，澈底忘了這件事，也忘了這個名字。直到昨晚，我妹妹跑來跟我埋怨班上有個女生欺負她，央求我出面幫忙，我聽到名字後，才大吃一驚。這種感覺實在很矛盾。大致上，就是這麼一回事，滿意了嗎？我親愛的紀辰影。」

予熙輕輕拍了紀辰影的臉頰，把手機從桌面上拿走，收回了自己的口袋。

「……她……她到底為什麼要去輔導室？」紀辰影喃喃自語地說：「藝術治療？為什麼？難道這就是她動不動就翹課的原因？」

「你可別忘了要替我保密的，你可以私下問她，不過可別提這張畫的事。」予熙不忘叮嚀。

「好啦！」紀辰影白了他一眼，勉為其難的答應了。

「那你還想不想知道舒映要我幫忙的事？」

「當然想啊，還不快說！」紀辰影大聲催促道。

「一次聽這麼多祕密，你受得了嗎？」

「不是才兩個？」

「好吧，不過在我告訴你之前，你必須老實告訴我，你是不是喜歡上那個叫做左湛漾的女孩了？」予熙目光狡黠的逼問。

紀辰影本想拒絕回答，不過，他覺得就算隱瞞，事實也很明顯地擺在眼前了。更何況予熙的觀察力似乎比他想像得還要高明。

「沒、沒錯，我喜歡她……」

雖然清楚明白予熙可能早就已經猜到，但親口承認還是讓紀辰影忍不住臉紅了。他刻意把視線朝窗外望去，感到相當難堪、無助。

「光看你的反應，我想，答案已經很明顯了……哈哈，我只是想聽你親口說而已，沒想到你也會有這一天。」

予熙抖動著肩膀，笑了起來。

紀辰影轉過頭來，惱羞成怒地再次捶了捶桌子說：「喂！予熙哥，捉弄人有這麼好玩嗎？」

「沒有啦，我只是希望你對自己誠實一點。」予熙說。

「哦？那你最好也對自己誠實些，」紀辰影的語氣滿是不屑：「你這該死的妹控，是不是也要老實跟我說你喜歡誰？芮舒映嗎？」

「……紀辰影，你要是再嘗試激怒我，我說不定會改變心意，不告訴你我妹妹要我幫忙的事了。」

予熙作勢起身離去，紀辰影趕緊趨上前把他拉回座位上，難得用服輸的口吻說：「算我的錯，行了吧？我剛才都已經跟你承認了，你總不會食言吧？」

「當然。」予熙點點頭，滿意地大笑出聲，接著用稍微正經一點的口氣說：「我妹妹她……她私下拜託我把左湛漾追到手。」

紀辰影怒斥：「該死，那個白痴！予熙哥，你該不會答應她無理的要求了吧？」

「我很難違抗她的命令，你知道她的脾氣吧？我跟她在同一個屋簷下生活，可不像你。你犯不著這麼火大吧？我又不一定追得到她，舒映說她是個有點奇……應該說，有點特別的女孩，所以她的品味應該也很特殊才對？」予熙臉上帶著一絲戲謔，似乎覺得紀辰影一反平常的舉止很有趣。

「你應該拒絕她！」紀辰影顧不得旁人的目光，對著面前的予熙大喊。

雖然覺得左湛漾不一定會接受予熙的追求，紀辰影也並非是對自己的魅力感到沒自信，只是，任誰都不喜歡憑空冒出的情敵來攪局吧？更何況情敵還是一位在學校輕易就能迷倒眾生的王子級學長……

實在有夠討人厭。

「紀辰影，都說過了，這是拜託別人的態度嗎？我妹妹雖然脾氣驕縱，可是她昨晚拜託我的時候，可是淚眼汪汪的模樣。凡是有長眼睛的人，一看就會覺得於心不忍。倒是你，你這種霸道任性的態度，有害無益，只會帶來副作用……況且，我也沒說不幫你，你不必這麼兇吧？」

紀辰影聽完後，態度稍微收斂了些，勉強用比較溫和的語氣，低聲下氣地說：「予熙哥，算我求你，你可以拒絕芮舒映的無理要求嗎？」

予熙笑了笑：「雖然以前我老是叫你不要跟我妹妹搞曖昧，你都不肯答應……不過，我還是會考慮看看。」

「該……」紀辰影心裡咒罵了幾句，差點就把髒話飆出嘴邊。可是當他迎上予熙狐疑的視線後，他連忙放下身段，聲音微微顫抖的說：「謝……謝，等你考慮清楚後，一定要跟我說。」

「當然。」予熙瞇起眼睛，看著眼前極為吃力地擠出一絲友善笑容的紀辰影，微微一笑地答道。

4

與其說是美術課的課後討論，倒不如改稱為星期六的四人小聚會還比較恰當。

只差十分鐘就早上十點半了，一行人站在咖啡館外，正打算前往今天的主要目的地：紀辰影家的私人藝廊。

姍姍來遲的左湛漾，身穿米白色的削肩洋裝，在纖瘦的腰際上繫了一條淺色的緞帶，氣質脫俗，打扮讓人為之驚艷。

要不是竭力克制自己的視線，紀辰影有預感接下來的幾個小時，他會不斷地像個傻子一樣目不轉睛地盯著她瞧。

另一方面，由於電燈泡陰魂不散，他覺得很不自在，但又暗自慶幸擁有這次得來不易的約會。

予熙低聲在紀辰影耳畔說：「比我想像中的還要漂亮？我怎麼沒在你們班上見過這一號人物？真是奇怪？是憑空冒出來的嗎？」

紀辰影惡狠狠地瞪了他一眼。

費盡心思特別裝扮的芮舒映，全身上下都是名牌，一手叉著腰，一手拎著香奈兒包。她不悅地上下打量起左湛漾，拋出了這句話：「不論怎麼努力，妳還是比不過我。」

「我沒有要跟妳比的意思。」左湛漾臉紅了起來，卻選擇簡短的回答。

「對，妳最好識相點。」芮舒映說，還刻意舉起拳頭，警告意味濃厚。

予熙上前來打圓場說：「各位，別把氣氛搞得那麼僵。今天不是出來教學觀摩的嗎？怎麼火藥味這麼重？」

左湛漾一聽到陌生的聲音，困惑的回過頭問：「你是誰？」

原來打從一開始，她根本沒留意到小組中多了一個人。

芮舒映忍不住又插嘴了：「妳居然連我哥都不認識，還真是個邊緣人！告訴妳好了，他是學校最受歡迎的學長！他還兼職模特兒，在IG可說是超高人氣！不過說這個也沒用，妳這人根本對時尚一竅不通，說再多也沒用。」

「既然是學長……那跟我們的報告有什麼關係？」

左湛漾不解地詢問，似乎沒把芮舒映口中的高人氣當作一回事。她把視線移到一旁靜默不語的紀辰影身上，似乎不自覺地想尋求他的解答。

「是沒有任何關係啊。」

紀辰影輕蔑的回答，還刻意瞥了一眼作賊心虛的芮舒映。芮舒映則馬上求救似的轉向哥哥，希望予熙能即時伸出援手。

予熙果真沒有辜負妹妹的期望，他轉過頭微笑地對左湛漾解釋：「我是來幫你們拍照的，我聽說余老師有這項要求，她應該也希望你們三人都能一起入鏡吧。」

說完後，他拿起手機，隨意地幫眼前三人拍了幾張照片。

還真會瞎掰胡扯。

紀辰影不以為然的心想。

他若無其事地走近顯然已被予熙哄騙成功的左湛漾身邊，壯大膽子主動牽起她的手，對她說：「走吧，去上次那裡，誰叫芮舒映吵著非得要去一次才甘心。」

左湛漾睜大眼睛的抬起頭看他，似乎有話想說。

只可惜，左湛漾還來不及開口說話，芮舒映就硬是擠入了兩人中間的空隙，強行把這兩個還沒回過神的人分開。

芮舒映用力挽住紀辰影的手說：「你為什麼牽她的手？」

「那妳幹嘛挽著我的手？」

紀辰影嘗試甩開，卻怎麼甩也甩不掉，芮舒映簡直就像死纏爛打的黏著他不放。

「紀辰影！你本來就是我的，我愛怎樣就怎樣！」芮舒映任性朝他的耳朵大叫。

紀辰影緊咬下唇，摀住自己一邊的耳朵，深深吸了一口氣，試圖平復自己快要壓抑不住的怒氣。

他平常對芮舒映總是很忍耐的，不過他覺得再這樣被破壞下去的話，他的單戀到最後也許會演變成失戀收場……

可是，一旦對她發脾氣的話，又會讓芮舒映逮到機會繼續耍賴，成為沒完沒了的鬧劇。

而且他們的吵鬧聲，也引起了咖啡館走道上行人的側目。

或許是因為想避免進一步的紛爭，於是，左湛漾不發一語，默默地把原本自己在紀辰影身旁的位置讓給了蠻橫的芮舒映，然後頭也不回地開始往前走。

站在他們身後的予熙則是有意無意地放慢腳步，無聲無息地跟在他們三人的後面。

一路上，這一行人，誰也沒開口主動破除僵局，陷入一種頗為尷尬的場面。

不過，讓紀辰影頗為吃驚的是，走在前頭的左湛漾，似乎還清楚地記得上次與紀辰影走過的每一條路。

諷刺的是，他上次為了拖延彼此相處的時間，還刻意繞了遠路，所以左湛漾記得的路線，當然也是通往藝廊最迂迴的一條路。

聽說小貓咪也很會認路，所以左湛漾也不例外，不是嗎？

一想到此，紀辰影的臉上不自覺的掛上了一抹笑意，而心跳竟比上次跳得更快了。

5

等到他們終於抵達時，紀辰影本來預期藝廊的門會像上次那樣掛上一個公休日的招牌，沒料到門卻是開著的，這點倒是有點出乎他的意料之外。

也許是藝廊經理或是行政人員有事來加班嗎？

他遲疑了片刻，才領著其他三人慢慢走進去。

只見其中一名導覽人員早已認出是紀辰影，友善地朝他招呼，並告知：「今天紀總裁剛好有來……」

紀辰影愣了一愣，他沒料到向來只把藝廊工作交給相關下屬處理的父親，居然會大駕光臨，他不安的詢問：「我爸來這裡做什麼？」

導覽人員說：「總裁親自帶著客人來看畫，詳細情形可能要問經理比較清楚。他們在裡面另一間展覽室，需要帶你們過去嗎？」

「不需要。」紀辰影一口回絕。

「那好吧。」導覽人員識相的走掉了。

紀辰影覺得有一股窒息感逐漸從胸口蔓延開來。

自從國三那年發生了那件事情之後，他就儘量避免與父親說話，只要一講到話，他就會想起那件永遠無法從內心抹滅的悲劇……

在他心中認定的事實是：父親正是母親發生憾事的主謀，即使是不需負擔法律責任的罪。

不為人知的罪。

有些時候，他甚至懷疑自己究竟是不是也成了共謀之一。

假使他當天冷靜些，也許會察覺到母親的不對勁，就有機會扭轉一切了。

可是，也許，在當時，他們早就習慣了母親的不對勁，她的不正常。總是覺得她百般嘗試都可能會失敗，下意識的忽略了諸多細節……

「嘿，紀辰影！你在發呆嗎？」

予熙敲了一下他的後腦勺，把陷入往事漩渦的紀辰影重新拉回現實。

紀辰影遲疑了幾秒，才開口說：「我們……今天可以改去別的地方嗎？」

芮舒映疑惑的問：「為什麼要去別的地方？不是都已經來了嗎？」

「不然現在要去哪？」予熙也問。

站在一旁的左湛漾同樣也露出不解的神情，但她一句話都沒問。

腦袋一片混亂的紀辰影，正努力思索著該如何找到敷衍搪塞的藉口時，忽然有人把手按壓在他的肩膀上，他覺得這沉重的力道並不是那麼友善……

側過身看清來人，紀辰影猜的果然沒錯，是那個總是對外人帶著虛偽面具的父親……一身黑色筆挺西裝的父親，眼神冷峻地注視著他，臉上不帶一絲笑意。

紀辰影的腳僵直在原地，幾乎覺得自己被這幾似殺氣的目光砍了好幾刀，也許，父親恨他的程度，比紀辰影有過之而無不及吧……

畢竟，常常聽到有人說，紀辰影長得頗像母親，也許正因為如此，父親才會情不自禁地就將恨意移轉到紀辰影身上。

父親後面除了有緊跟在後的隨扈，還多了正哈著腰隨時準備拍馬屁的藝廊經理，身旁則有幾位外國客戶。當然，少不了的是，父親另一側還有一名外表艷麗出色的女人，看起來像是他的新祕書。

「辰影，聽學校老師說，你功課落後不少，認真點，不要再丟人現眼了。」

父親冷冷地說完這些話，然後瞥頭望向跟在紀辰影身邊的幾個人。他很快就認出了芮舒映和予熙是老朋友的孩子，於是迅速收起了原本對紀辰影的冷漠態度，改以和善的笑容，親切地朝這對兄妹說：「一起來參觀的嗎？歡迎，幫我向令尊轉達我的問候，上次的合作案很愉快。」

「謝謝伯父，我們會替您轉達的。」予熙禮貌地上前致意。

芮舒映仍然牢牢地挽住紀辰影的手不放，連一句招呼也沒說，還偷偷地在紀辰影耳邊嘀咕地說：「……我不喜歡他對你的態度。」

左湛漾不安地轉頭望了望紀辰影，似乎也察覺紀辰影的情緒不太穩定。

直到紀辰影的父親和尾隨其後的一行人走遠後，左湛漾才悄悄地繞到紀辰影的另一側，小小聲的對他說：「你還好嗎？臉色很蒼白。」

紀辰影心頭一顫，沒料到左湛漾會主動關心起他。

他很想說些好聽的話來答謝她，可是他的喉嚨很緊。

他感到自己被父親的威嚴給震懾住了，這種感覺好差，讓人產生渺小無助又被踐踏在地的錯覺……

左湛漾見他沒回話，於是又柔聲地說：「我們離開這裡吧？假如你不舒服的話。」

「喂！左湛漾，妳別擅自作主張好不好？妳真以為自己成了紀辰影的代言人嗎？真好笑！」

芮舒映不滿地想把左湛漾從紀辰影身邊推開，不料卻在一瞬間被紀辰影阻擋下來——

紀辰影搶先一步將左湛漾拉到自己的另一側，然後不顧一切地朝芮舒映大吼：「芮舒映！我今天不想見到妳了，妳真的已經超越我可以忍耐的極限了！」

當他說出口時，他意識到自己忽然爆發的情緒，有一部分是來自於芮舒映總是無理地百般責備無辜的左湛漾，但另一部分則是歸因於遷怒……

遷怒……

很可笑的是，在骨子裡，他和父親似乎對此總是很擅長……

也對，那一天，在母親決定自殺前的前一、兩個小時，因為他誤信母親在訊息中謊騙父親同意離婚的事情，而澈底崩潰。那一刻，他不也是不留情面地把怨火直接遷怒在那位曾對他獻上情書的女孩……

而現在，他因被父親遷怒所引發的焦慮和憤恨，同樣地也被順理成章似地轉移到眼眶裡噙著淚水，滿腹委屈的芮舒映身上……

紀辰影，真希望你會再次遭受上天報應……

紀辰影在內心咒罵著自己。

可是他卻連一句道歉的話也沒說。

因為，說不出口。

「紀辰影，從以前到現在，我關心你的程度從來就沒有輸給她！為什麼你的眼底現在卻只有她，還說不想見到我！你太過分了！」

紀辰影轉過身，背對著她，並不打算回答。

「……好吧，我走，既然你說你今天不想見到我，我走了！」

直到芮舒映的腳步聲愈來愈遠，予熙才緩緩地走過來，輕拍紀辰影的背說：「你這樣傷我妹妹的心，我本來是該罵你了……不過，仔細想想，趁這個機會讓她放棄你也好，省得以後她受的傷會更重。」

紀辰影沒有答腔，只是靜默地聽著，一旁的左湛漾也尷尬的低頭不語。

予熙發現他不吭聲，於是只好識相地主動迴避目前尷尬的場面，以故作輕鬆的口吻在臨走前表示：「我還是去安慰一下她好了，幸好之前我已經拍了不少照片，我會再找機會把照片傳給你的……對了，有關早上說的那件事情，我會幫你的。就這樣，先走了，你們兩個慢慢逛吧！」

第六章　向惡魔許願，希望妳能愛上我

1

儘管意外地得到了兩人獨處的機會，但現在的他，卻一點也開心不起來。

他的心已被如烏雲般的懊惱和沮喪所籠罩。

還會發生更糟糕的事情嗎？也許，不會。

大概，沒他想得那麼悲觀。

因為當他正準備打消參觀藝廊的念頭時，左湛漾卻難得以試圖提振起士氣的輕快口吻笑著說：「我們可以去看看上次那幅畫嗎？你應該知道我說的是哪一件。」

不是說恨我嗎？為什麼還願意陪伴這樣窩囊的我？

紀辰影心裡這麼想著。

他覺得受寵若驚，應該說，深感榮幸。

能被喜歡的女孩安慰，對他而言，絕對是全世界最值得開心的事情。

那些烏雲，似乎逐漸地被左湛漾的笑容所驅離了。

他點點頭，嘗試忘卻剛才發生的不快，輕輕握起她的手，往前走說：「來吧，左湛漾，我想告訴妳有關那幅畫發生過的另一個故事。」

一邊走，紀辰影和左湛漾不忘欣賞在藝廊每一處所展出的藝術品。

藝廊的室內空間予人俐落、精緻的獨特美感，參觀者彷彿從此踏入了另一個時空。

一件件作品如棋子般被各自安插在適當的位置，顯見策展人員的巧妙心思，輕而易舉地吸引了兩人好奇的目光。

「你又想像上次那樣騙我嗎？」亦步亦趨的左湛漾忍不住開口輕聲埋怨：「你騙我說你是駭客，但這間藝廊根本就是你家的。」

「我上次只說這裡是私人藝廊，另外，我真的是駭客啊。」紀辰影認真地說。

左湛漾猶豫了一下子才說，似乎頗擔心自己再次上當：「騙人……」

「而且，我最近遇到一件很棘手的任務。」紀辰影面不改色地繼續說。

「……任務？駭客的任務？那不是犯罪嗎？」左湛漾的聲音聽起來夾雜著擔憂。

「犯罪？」紀辰影停下腳步，轉過身來，朝她咧嘴而笑，用一種調皮的口吻回答：「假如那個任務是駭進妳的心，就不算吧？就算是的話，那我期盼妳能主動逮捕我，用手銬把我銬起來，永遠將我鎖在妳身邊。」

左湛漾訝異地定睛注視著他，遲遲說不出話來。

紀辰影拉了拉她的手，催促她繼續往前走。然後，過了幾秒後，又刻意放慢腳步與她並行，在她耳邊說：「我可以把妳的表情解讀成高興嗎？不是我自誇，我這駭客的解讀能力還不錯，我覺得妳好像並不會討厭把我鎖在身邊。我有觀察到。」

「你……」向來倔強的她，似乎想否認，但又按捺不住好奇地說：「觀察到？你觀察到什麼？」

「雖然妳偽裝得很好，可是任何事情都逃不出我這個駭客的眼睛。」紀辰影故意繼續賣關子。

只不過，當他提到「偽裝」這個詞的時候，不知道是否看走眼了，他總覺得在那一瞬之間，左湛漾的臉色變得不太對勁，眼神閃過一絲惆悵與憂傷。

「我聽不懂你在說什麼？」她問。

「我觀察到妳今天特別迷人……雖然妳本來就很好看，但我很喜歡妳今天的打扮，真的很喜歡……」紀辰影真心的說，刻意用另一隻手遮掩因緊張而發紅的耳朵。

「你、你以為我是故意打扮的嗎？」恍然大悟的左湛漾，頓時慌了手腳，好像怕被別人看穿自己心思，滿臉通紅地急忙解釋：「我……我是因為考量聚會的地點是在藝廊，穿著不能隨便……下次我會穿制服，這樣就不會被你誤會了。」

「就算妳穿的是制服，我覺得妳絕對比得過芮舒映，在我心中，沒有人比得過妳。」

「她是校花……」

「校花又怎樣？對我來說，妳也是啊。妳看，妳不化妝就很好看了，要是真的化起妝，還得了？妳要嘛就一直保持低調，這樣才不會被別人搶走。要嘛就高調點，跟我在一起，讓我擔任妳的護花使者。」

「你又在胡說八道了，我知道自己幾兩重，你以為我真的那麼容易上當嗎……」

紀辰影裝做沒仔細聽她說的話，逕自地說出自己的感想：「其實……在妳眼中的我，並不像妳之前對我存有的偏見，其實我並沒有那麼討人厭，對不對？」

左湛漾抬起頭看著他，起初不想承認，但隔了幾秒，她終究還是屈服在紀辰影堅定的目光底下，默默地點了點頭。

2

很快的，他們一同走到了上次那間位於左側展示間的畫作面前。

紀辰影快速地審視了畫作一遍，似乎想確認畫作是否如印象中一般總是完好如初，沒有半點瑕疵。

這個確認動作其實是多餘的，他當然清楚明白。在這個配備完善、恆溫恆濕的高規格展覽環境，還搭配著館內編制的保存修復人員定期保養，畫作總能安然無恙，基本上不會受到太多外在因素的侵擾。

即使這幅畫並非名家所作。但在紀辰影心中，這幅畫的意義可說是非同小可……

正當他總算放下心來，準備對左湛漾訴說有關畫作的另一個故事時，忽然有人不預警的湊上前打岔——

「辰影少爺，你得把握最後一次。」

他們雙雙回過頭去，只見藝廊經理用一種神祕兮兮的口氣，壓低音量說：「本來不想特別提醒你的，但是，你好像每次來就只看這件作品，實在是有點不忍心。」

「這話什麼意思？」有一種不好的預感襲上心頭。

事情還有辦法更糟嗎？也對，總是有的。

畢竟一個糟糕的人，理所當然要受到懲罰。

而他的現世報正是如此——

「你果然沒有發現，一般人是不易留意的……喏，瞧瞧最下方，看到那個小標籤了嗎？」

順著藝廊經理的指尖方向，當他們重新望向那幅名為「向惡魔許願」的畫時，透過經理的提示，紀辰影馬上就注意到了在畫作的左下方，貼了一個小標籤，竟是「售出」的標記。

「這、這怎麼可能？我爸他以前不是都說這幅畫是非賣品嗎？」紀辰影不願相信這個事實，他憤怒地握緊雙拳，只差沒有上前揪住藝廊經理的領子逼問。

是啊，要不是父親在過去一直強調這幅畫是非賣品，他怎麼會漏掉了這個小細節呢？

正因為如此深信它是父親口中的非賣品，所以他才不會注意到那不起眼的小標籤……

藝廊經理揮揮手，用安撫的語氣對他說：「少爺，你先冷靜點，我之所以提醒你，完全是出於一片好意。詳細情形總裁並沒有透漏，你也知道他那個人每次決定事情都是很倉促的，不讓人有心理準備。」

「哼，意思是這幅畫他也要當作垃圾轉手丟掉嗎？就像他在我媽死後沒多久，就清空房間的道理一樣嗎？我本以為他勉勉強強還有點良心，現在才剛過了一年多，又要剝奪掉她生前最喜歡的東西？這是僅有的一件！」

「不是這樣子！少爺，拜託你音量小聲點，在場還有為了總裁臨時加班的工作人員，他們都還沒離開，拜託你小聲點，行不行。而且，藝術品根本不是垃圾，我剛才也沒說是垃圾，你……你怎麼可以這麼理解？還扭曲我的話！每件藝術品都有其價值，遇上欣賞它們的收藏家，當然是好事一樁。」

「好事一樁？笑死我了！這算是我媽生前的遺物，我比任何人還要清楚這幅畫的價值！」紀辰影不顧一切地大聲痛批，然後又問：「我倒是想知道他賣了多少錢？對我來說，這幅畫是無價之寶！對他來說，究竟我媽對他的愛值多少？說啊！賣了多少？他那麼有錢，缺這點錢嗎？難道是賣了好幾億嗎？」

藝廊經理無奈的直搖頭，遲遲不肯說，可是紀辰影卻拚命地像個瘋子似地扯住他，瘋狂追問。

經理因為擔心紀辰影的吵鬧聲會引來其他行政人員的側目，只好偷偷地在他耳邊透漏畫作賣出的金額。

「哈……就這麼少？怎麼？我爸的財團是要倒閉了嗎？缺這麼點錢花嗎？」

紀辰影鬆開了原來緊抓住藝廊經理的手，像洩了氣的氣球，茫然無主地呆愣在原地，難以置信的喃喃自語。

一旁的左湛漾，一時之間，實在是不知所措，也搞不清楚詳細狀況。

手足無措的左湛漾原本想問經理幾句話了解情況。

但只見藝廊經理憤恨地重新戴上因被紀辰影拉扯而斜了一邊的眼鏡，露出一副自認倒楣的模樣，以自以為紀辰影沒聽到的音量，一邊走遠，還一邊忍不住嘀咕著說：「真是個神經病……人果然還是不要太過雞婆……」

伴隨心裡一陣陣椎心刺骨的痛，僵在原地的紀辰影雙手摀住臉，他差點以為自己就要在左湛漾面前難堪地哭了。

還好，這只是錯覺。因為每次他在氣憤至極點時，是完全哭不出來的。

而且最令人心寒的是，那幅母親生前視為珍品的畫作，竟然比預期的價碼來得低廉。這幅在他心中佔據著重要地位的畫，此時此刻，居然在藝術市場上成了一個不折不扣的廉價品。

而且，不久之後，將不再屬於這裡。

可以想見的是，按照畫作出售的後續流程，那些戴著純白手套的藝廊人員，會小心翼翼地按照標準程序把畫作從牆上取下。彷彿是類似搬運屍體的一貫作業，他們會將畫作放進如框材般的箱子裡，當確認所有的步驟和交易都完成以後，在不久的將來，他們會替畫作送上最後一程。

然後，緊接著，一幅新的作品隨之而來，將悄聲無息地取代原有畫作的位置，宛若這一切從來沒有改變過——

他幾乎產生了一種奇妙的預感，預感自己總有一天，也會像這樣，像母親那樣被眾人丟棄、遺忘……

3

這個世界上，任何事物都有其終點。愛也是如此，不能永遠存在。

永恆的愛，是一種抽象的人為概念，只存在於童話。

就連人的記憶，也會逐漸模糊，不是嗎？

片刻過後，紀辰影放下了原本摀住臉的手。他覺得自己的情緒已經瀕臨快要崩潰的臨界點，但他不想再次在左湛漾面前出醜、失控……

所以，他首先打破展示館內的死寂，滿是歉意地對她說：「……左湛漾，對不起，我並不是要趕妳走，不過，可以請妳先離開嗎？」

左湛漾圓睜著那雙深邃的眼眸，眼裡絲毫沒有離開的意思，反而走上前來，伸出手，試著想要安撫他的情緒。

紀辰影卻反而退了一步，他用沙啞的聲音解釋：「因為我怕接下來自己會作出失態的事情……今天的我，實在很不走運，在妳的面前，盡出洋相。我本來還想趁著今天的聚會，逐漸扭轉我在妳心目中的形象。好不容易，我以為事情已經好轉了，本來以為妳已經漸漸地比較沒那麼討厭我了，可是如今卻又再次搞砸了……原本今天想跟妳分享一段曾經美好的故事，那是關於這幅畫的前半段，曾經的美好。但是偏偏妳聽到的是後半段，醜惡的結局……就像是多數的人們總是以為所有的童話故事都是完美無缺的，可是，事實上，這世界上沒有真正的永恆，所有的美好都是假象，只要走到終點，所有的美好都會變質。這是我從生命經驗中，體認到的事實，殘酷的真相。不幸，總是如影隨形的跟著我……」

對於紀辰影自顧自地嘲諷，左湛漾似乎並不認同，她以柔和的語調說：「不對，紀辰影，你搞錯了，任何事情，無論再怎麼糟，都會有撥雲見日的一天。就算只有一天，也好過連一天也沒有呀。情況並不像你說的那麼悲觀。大概你認為這些話出自我的嘴，沒有什麼說服力，因為在外人看來，我常常在哭，好像也是個悲觀的人？或許吧？不過，最近這幾天，我覺得自己好像心態上慢慢地不太一樣了，我之所以悲傷的原因，其實不是因為悲觀的關係，反而是擔心起自己會對事情抱持過於樂觀的態度……我覺得這些改變，好像是從你開始注意到我之後，才慢慢出現變化……不管怎麼樣，你如果擔心我對你的印象會變得愈來愈差，那是你多慮了。所以，我希望你能讓我留下來安慰你，幫你打氣。」

「謝謝，可是，我不希望妳是因為發生在我身上的窘境，才留下來同情我。」此時此刻，他的臉龐顯得格外憔悴，仍維持茫然焦慮的神情，但內心卻由衷地對她感到感激。

「同情？我為什麼要同情你？」左湛漾說：「我並不是因為同情你才留下來。就像你之前看我在班上被小舞她們欺負的時候，你那時挺身而出，想保護我，也不是因為同情我才想救我，不是嗎？」

假如是平常的紀辰影，或許就會趁機逮到機會的問她：那妳是因為喜歡我，才留下來嗎？

但現在的他，心情實在太過沮喪了，實在沒有辦法跟她開半句玩笑。

他低下頭，沉思了半晌，然後又抬起頭說：「關於這幅畫的故事，前半段其實是很浪漫的，因為妳不小心聽到了我原本不想說的後半段，所以我覺得還是得告訴妳完整的故事。」

於是，紀辰影以一種有如旁觀者的敘述觀點，淡然地把有關這個畫的故事全盤告訴了身旁的左湛漾。

他說，父親和母親最初相遇是在這幅畫前，母親當時對這幅畫深感著迷，而父親則對母親一見傾心。

當時，父親曾經很喜歡母親，甚至為這幅畫恣意編造出一段美麗動人的魔法故事，來討母親歡心。

那時候，這幅畫的名稱並不叫「向惡魔許願」，而是另一個畫名，一個不起眼的名稱。讓人一聽就忘。

那段看似幸福美好的愛情，不知道怎麼搞的，後來由於外人的攪局逐漸變質了。

自從結婚後，原本天真浪漫的母親，總是覺得自己比不上其他試圖在父親身邊勾引他的女人。日復一日，她變得愈來愈自卑，而且還偏執地迷信是畫作產生的魔力，父親才會喜歡上她。

她還拜託畫家替這幅畫的表層重新畫上另一幅畫，改成幽暗陰鬱的色調，人物的臉孔改成惡魔的臉，畫名還因此改為「向惡魔許願」。

也就是說，這幅名為「向惡魔許願」的畫，實質上是覆蓋在另一幅原本的畫作之上。畫家粗劣地仿製文藝復興時期、或是模仿後來的畫家梵谷在「草地上的花朵及玫瑰」那幅靜物畫的手法。

母親澈底讓這幅新的畫作籠罩在無邊無際的黑夜之中。因為她深信這幅畫為她帶來了絕美卻具悲劇色彩的愛情。

雖然父親當時本來對其他的女人不為所動，因仍對母親存有傾慕之情，也曾屢次想挽回母親的心。可是母親卻一天比一天還要憂鬱，後來終於心理生了嚴重的病，反覆嘗試自殺，而令這場原本美好的戀情最終仍因支撐不住，澈底瓦解。

父親也終究不再回頭。

而且，因愛生恨的父親，為了刺激她，跟她唱反調似地故意開始到處拈花惹草。

在大約一年多前，傷心欲絕的母親終究敵不過心魔，悲慘地放任自己步向毀滅一途，紀辰影因此失去了世界上最重要的人。

「剩下的，妳應該也大致猜到了，就像我剛才對藝廊經理提到的，我爸他對我再三保證過這幅畫絕對是非賣品，對此我深信不疑。這是我母親遺留給我的重要東西，她曾經私下對我透漏，雖然有時她確實很憎恨這幅畫，但是她其實比任何人還要重視這幅畫。我覺得那就像是她對我父親的愛一樣，那麼執著，那麼偏激，那麼古怪。當然，她死了之後，這幅畫的意義，對我來說，等同於在我生命中，我不能失去的重要東西。我爸他明明很清楚的。所以，方才一聽到經理那樣說，我整個人才會生氣的失控……到現在，我心中浮現出一個邪惡的念頭，本來希望妳離開，因為我不希望妳在場，看著我那樣做……」

「你想做什麼？」左湛漾猜不透他的想法，停頓了一會兒問。

紀辰影沒有直接回答，他指了指天花板角落的監視器說：「……妳知道嗎？在我爸的這一座私人藝術中心，管理上向來戒備森嚴，儘管妳以為在場沒有什麼人，事實上卻部署著警衛隨時盯著監視器，以防有小偷。可笑的是，他們並不會提防我，因為沒有人認定我會是一名小偷。」

「所以……你想把畫給帶走……」左湛漾直盯著他看。

「不，我不想當小偷。」他停頓了將近一分鐘，才又緩緩地說：「左湛漾，這裡和一般的美術館沒什麼兩樣，據說在羅浮宮，其實，最大的敵人並不是偷走藝術品的竊賊，而是企圖損毀藝術品的觀眾——」

左湛漾一反往常的平靜態度，她上前抓住他的手，阻止他繼續說下去，並怒視著他說：「紀辰影，你不會是想毀掉這幅畫吧？你不可以這麼做！」

「我確實起了摧毀畫作的邪惡念頭，他們應該沒料到我會對媽媽的遺物做出這種事情，所以短時間之內，他們阻止不了……」

紀辰影沙啞的嗓音中，除了憤怒還帶著濃濃的憂愁，他的目光直視著畫作，彷彿正在尋思著該從畫上的哪個部位開始下手，好像眼前的畫作是一具即將被解剖的死屍。

「紀辰影，你要是真的那麼做，等於是對你母親的死，做出了二次傷害！」左湛漾試著壓低音量，但仍難掩憤慨的對他斥責。

「所以我之前才會叫妳離開！不要看我這麼狼狽討人厭的模樣！」紀辰影的目光變得極為陰沉，彷彿在剎那間被畫中的惡魔附身了。

左湛漾突然放開原本抓住紀辰影的手，激動萬分的說：「好，我會離開……不過，在我離開之前，我得跟你說，假如你真的摧毀畫作，我會比以前還要恨你！我發誓，我會比以前更恨你，恨上好幾千萬倍！」

恨這個字眼，宛若一把無情的刀刃狠狠地朝他的胸口猛刺，讓他幾乎無法呼吸……他緊咬著下唇，終於將充滿怨恨的視線勉強從畫上移開，轉頭望向左湛漾，但仍不發一語。

她情緒異常激動，語帶哽咽的說：「你如果因為氣憤，就摧毀了這幅畫，那就太過份了！生氣，就得破壞東西嗎？這樣太糟糕了！不是所有的東西都有辦法復原！不要再犯下同樣的錯了！你這麼作，只會讓我愈來愈恨你！你為什麼還要重蹈覆轍？你以為你母親若地下有知，發現你這麼做，真的會高興嗎？別再重蹈覆轍了！否則我會愈來愈恨你！」

「我不懂……重蹈覆轍？這話什麼意思？」紀辰影詫異地看著她，他不記得自己以前曾在左湛漾面前情緒如此失控過，也許破壞畫作的想法確實不對，但他實在不明白為什麼左湛漾會突然這麼認為他是慣犯？「妳恨我的真正原因……究竟是什麼？」

左湛漾突然不自然地別過臉去，以避開紀辰影的視線。

她好像猛然驚覺自己因情緒過於激動，而說出了某些奇怪的話，對此她深感困擾和不安……

他不禁回想起在第一次與左湛漾說話的那一天……

那一天，左湛漾也是突然就在他面前情緒激動地哭了起來，那時他還以為是自己說話的語氣把她嚇哭了。儘管後來她表示自己之所以哭，跟他一點關係都沒有。但他並不相信。現在仔細想想，讓她情不自禁落淚的理由確實沒那麼單純……

為什麼左湛漾會恨他……

一般人會對一個曾經不怎麼搭得上邊的陌生人，產生如此大的恨意嗎？

這背後的理由到底是什麼？

如果這一切只是誤會，他卻連解釋的機會也沒有。因為她根本不願告訴他真正的原因……

這時，左湛漾低下頭，快速地用手背拭去了臉上的淚水，然後重新整理情緒似地深吸了一口氣之後，抬起頭來，面無血色的說：「有關於我恨你的理由，我現在並不想談……總之，現在首當其衝的是你母親的畫吧？紀辰影，你之所以想破壞它，是因為你在氣頭上，我想要告訴你的是，你現在破壞畫作，固然會抒解自己的怨氣，但以後，你只要一想起，一定會深深地感到後悔，可你卻沒有辦法復原……如果是這樣的話，你為什麼不退而求其次，想想其他的方法？也許你可以打電話給你父親，拜託他取消這次的交易。」

紀辰影乾笑了幾聲，搖了搖頭說：「我想不到其他的方法，我腦袋一片空白，我不想要我媽的遺物被任何人占據，只要我一想到我就會發瘋。我爸？為什麼我要打電話給那個騙子？他是個不折不扣的騙子！他之前口口聲聲說過那幅畫是非賣品，還承諾過這幅畫是我的，只是為了紀念和保存，才繼續掛在這裡！沒想到我媽死後才過一年多，他就冷血的把它售出了！根本沒經過我的同意！沒問過我！就擅自作主張地賤價賣出……妳說，我能不抓狂嗎？我覺得自己受到背叛！」

左湛漾臉色一沉，猶豫了一下才說：「……好吧，既然是這樣……那就把畫帶走吧。」

把畫帶走？紀辰影不敢相信自己的耳朵，他懷疑自己有沒有聽錯。

但左湛漾的表情很認真，她見他沒有動作，反而再一次催促他說：「快啊，把畫拿下來。」

紀辰影皮笑肉不笑地回答：「左湛漾，妳剛才沒仔細聽我說嗎？這裡的保全和其他美術館沒兩──」

「沒兩樣？我當然知道，你剛才所說過的話，我都聽得一清二楚。不過，保全是防竊賊吧，但你又不是。」

「只要我把畫拿下來，我保證，警衛一定會攔住我們。」

「他為什麼要攔住我們？」左湛漾反問。

「我說過了，他們不容許有人把畫偷走。」紀辰影加強語調說。

左湛漾倔強的眼神凝視著他，同樣用加強堅決的口吻表示：「我也說過了，你不是竊賊。畫被取下，只是物歸原主……你剛才說過，你爸之前承諾這幅畫是留給你的，不是嗎？難道你在說謊？」

「不……我沒說謊，他確實說過那是我的，而且我跟他確認過好幾次……」

「那為什麼還要遲疑？難道你覺得這跟破壞畫作比起來，沒那麼瘋狂嗎？沒辦法讓你冷靜下來嗎？」她說。

他只是萬萬沒想到，左湛漾居然會想出這麼瘋狂的點子……

她的小腦袋瓜，到底是如何運作的？

4

毫無疑問的是，她的點子無疑是個錯誤。而他聽信她的話，則是大錯特錯。

當他上前大膽地把畫作取下那一瞬間，果然機警的保全人員立刻把他們團團包圍住了。而且原本整理好預備下班的藝廊經理，也在第一時間衝到他們身邊，露出一副想要把紀辰影掐死的表情。

若非他在氣頭上……

若非這一切不是發生在自己和左湛漾身上……

他可能會忽然對莫名地對眼前的荒謬景象感到可笑不已，而且他還會自嘲自己何以做出這麼不可思議的反常行為……

只因為左湛漾剛才說了：把畫作小心地卸下，不要讓它受到一絲傷害。然後抬頭挺胸地抱著它走出去，你只是勇敢地保護自己不想失去的東西，你只是捍衛了母親的遺物，這有什麼不對？

左湛漾的理論是那樣沒錯。可是，眼前的大人們並不這麼想。

他們虎視眈眈地盯住紀辰影和左湛漾，希望能透過眼神無聲的溝通，讓他們自動自發地繳械投降……

還好，因為是公休日，藝廊裡沒有其他的客人，只有員工。

紀辰影一手抱著畫作，一手緊握住左湛漾她那冰冷、微微顫抖的手，他感覺自己跟她一樣都很害怕，但卻不願屈服。

藝廊經理首先開口，他推了推鼻樑上的眼鏡，苦笑一聲，眼裡淨是責備之意：「辰影少爺，我實在很後悔好心提醒你畫作被賣掉的事。你看看你現在居然還想把畫偷走，你以為這是自家開的，就不會受牢獄之災嗎？也許不會那麼嚴重，不過，這件事情若是讓總裁知道的話，你以為他不會大發雷霆嗎？假使你真的這麼想，我鄭重地警告你，那是大錯特錯！」

經理說完後，立刻撥打手機，顯然是想把事情直接交給紀辰影的父親裁決。

紀辰影沒理他，也無暇吭聲，他牽著左湛漾的手，想要從包圍住他們的人群縫隙跑出去。

但有人很快地出手攔下了他們。

原來在這群盡忠職守的工作人員中，也有上次被紀辰影用來哄騙左湛漾說是同為駭客夥伴的保全人員。

那位保全大哥苦口婆心地想勸紀辰影改變心意：「少爺，你這麼做真的會害死我們，拜託你不要做這種傻事，這樣真的讓我們很難做事。而且你貿然把畫拿走，極有可能一不小心就傷了畫……」

「放心好了，在這個世界上，沒有人比我更懂這幅畫的價值，所以我會好好保護它的。」紀辰影心意已決，絲毫沒有妥協的意思。

「那就別怪我們冒犯了──」

另一名警衛挽起袖子，同時對其他保全人員使了個眼色。

他們後退了一步，紀辰影的眼神雖然仍帶著堅持，但卻隱含著絕望。

有一股希望即將破滅的預感從內心深處升起──

也對，事情怎麼可能那麼順利？

他們想從容不迫地把畫從藝廊帶走，根本是天方夜譚，天真到極點的一件事。

「這幅畫本來就是紀辰影的，他本來就可以把它帶走，而且是光明正大的帶走。你們如果硬是阻止我們，那我們也沒有辦法保證畫作會完好如初。」左湛漾像隻被激怒的小貓咪神情警戒地高喊，彷彿隨時要對眼前的人張牙舞爪。

「就算是那樣，也不能拿走，那幅畫已經賣出去了，你們還是死心吧！」保全人員說。

「未經紀辰影允許就擅自出售，就是不對！」左湛漾堅持不肯退讓。

另一名工作人員眼神兇狠地對左湛漾說：「這位小姐，妳最好記住，不要多管閒事，以免遭殃！要是總裁怪罪下來，妳也要連帶受到懲罰！因為妳八成就是慫恿少爺幹這種事的人！外表看起來柔弱，卻做出這種自以為叛逆的事情！不要以為你們年紀還小就可以為所欲為！」

「年紀還小又怎樣？難道大人就可以為所欲為嗎？大人就可以說話不算話嗎？這幅畫明明就是紀辰影的父親承諾過要給他的！物歸原主，錯了嗎？」左湛漾同樣不甘示弱的反駁。

「聽好了，這位不知好歹的小姐，我們隨時都可以報警處理！你們最好仔細想想可能面臨到的嚴重後果！」工作人員語帶威脅的喝斥著，並轉而瞪視著紀辰影說：「少爺，你可能不曉得事態嚴重性，你應該不想讓你的女朋友為了這件事情受連帶責任，留下前科吧？你想連累她嗎？」

聽到連累這兩個字，紀辰影不禁打了一個寒顫——

沒錯，被憤怒沖昏頭的他，根本沒有好好思考過把畫帶走的連帶責任……

要不是眼前這人一語點醒夢中人，他完全沒想過這件事有可能會拖累到左湛漾。

要是他有早一步想到這點的話，他可能早就不甘心地打消了把畫拿走的念頭，或者索性將左湛漾支開，獨自承擔……

「這件事情完全跟她沒有任何關係，她只是跟我一起來這裡參觀的同學。這件事都是我一個人的主意，所以不會有什麼連帶責任的問題！」紀辰影高聲的說，然後又轉頭對左湛漾說：「妳先離開吧，這裡我可以擺平的。」

然而，紀辰影感覺到左湛漾完全沒有意思要鬆開他的手，甚至聽見她壓低音量地說：「你不必顧慮我……我建議，我們應該用盡全身的力氣撞開他們，然後拔腿就跑！」

紀辰影當然也想這麼做，可是眼前的保全人員各個人高馬大，顯然只要藝廊經理一聲令下就可以立即將他們手到擒來，不需費太大的功夫。

而且，他真的不想拖累她。不想讓她因此受到連累。

就算代價是：失去母親最珍愛的一幅畫。

在這個抉擇的當下，他想保護她的決心，勝過這幅畫。

儘管他的內心十分糾結，因為這麼一來，他就得捨棄畫作。

紀辰影遲疑了一下，他非常不情願放棄能把畫作帶走的機會，尤其是身旁還有全力支持鼓勵他的左湛漾身邊。

他知道假設放棄了這次的機會，他不僅會讓自己日後懊悔莫及，還會令左湛漾失望……

左湛漾見他遲遲沒動作，訝異地抬起頭看著他，悄聲低喃著：「為什麼這麼猶豫？你必須捍衛自己想保護的東西。換作是我，我絕對不會放棄。你一直都是這樣的人，不是嗎？」

紀辰影忿恨地搖了搖頭，一邊怨恨眼前不佳的情勢，一邊無奈地說：「我不想連累妳，不想害到妳！這件事情毫無勝算！不幸總是如影隨形地跟著我。」

幾乎是快放棄掙扎了，只要一想到這件事情會招致拖累左湛漾的嚴重後果，他的心就如同氣球被針扎了好幾個洞，勇氣像空氣般不斷地從胸口流失。

「不想連累我？所以你要這樣眼睜睜地放棄嗎？同樣的道理，我也不希望成為那個拖累你喪失母親遺物的人，這件事情假如沒有我在場，你就會更果斷了吧？」

「不，假如妳不在這裡陪著我……它，早就壞了。連帶出去的機會都沒有。所以就算我帶不走它，我永遠都不會怪妳。」

紀辰影旋即鬆開了她的手，把懷中的畫作交給了離他最近的一名工作人員。

對方如釋重負地嘆了一口氣，小心翼翼地檢視著畫作是否受到任何傷害。

這時，藝廊經理恰巧講完電話，他放下手機。往前走幾步，又停了下來，終於神情凝重地開口說：「少爺，到此為止了，你已把好運完全耗盡，總裁在電話中下了明確指示，他要你們以後不要再出現在這了，這裡不再歡迎你們——」

「我知道……反正我也已經沒有理由再來了。」紀辰影望向地面，垂著肩膀，無力地說。

有如聆聽死亡宣判，左湛漾顫抖著手抓緊紀辰影的手臂，她顯然對此結果也深感不服，卻束手無策，忍不住因悲傷而流下眼淚。

然而，藝廊經理的話似乎還沒說完，他的表情變得古怪又鄙夷，似乎不認為自己是居上風的那位，他以同樣不滿此宣判的惱怒語調繼續把話說完：「還有，除了你身邊那位該死的小姐以外，也順便一併將那幅畫帶走……基於以不損及畫作的立場，待會兒畫作會被裝箱，再派人送至少爺的住處，不過後續我們就無法保證畫作的保存方式是否恰當了。真是！也不考慮這幅畫已經交易出去，要拿回來是相當棘手的事情，嚴重的話還會毀掉藝廊的信譽！年輕人做事這麼草率，只會一天到晚添總裁的麻煩。總之，總裁已經下達逐客令，從今天起，你們全都被列為藝廊的黑名單了……」

5

當他與她手牽著手興奮地跑出藝廊時，他發現室外的陽光是如此燦爛，就連左湛漾原本冰冷的手，都難得地被陽光感染了溫度。

又或許是因為她仍緊握著他的手不放，而傳遞了溫度到彼此身上。

以往，他總是深信當事情演變到最糟的處境時，是無法扭轉的，沒想到今天他卻在她的鼓勵下成功的辦到了。

若換作是他獨自一人面對，想必會駛向迥然不同的結局。

也許正由於一下子釋放了緊繃的情緒，過於激動，以致於他們縱容自己沿途漫無目的地向前奔跑。

至於目的地究竟為何處？其實紀辰影連想都沒想過。

他只覺得這是有生以來，第一次這麼享受在街上漫遊的時光，隱約之中，他甚至擔心起這一瞬間會不會只是一場夢，一場醒來就會幻滅的好夢。

假如真的只是夢，那應該是有史以來最棒的一場夢。

他不敢再奢求太多。他甚至不敢開口打破沉默。

兩人跑著跑著，竟然不知不覺地就來到了最初第一次約出來的那間便利商店。

便利商店外的小圓桌上，還有一只沒被客人帶走的飲料空杯，孤零零地等待著下一次吹起的風將它一併帶走。

這時，左湛漾停下腳步，以頗為詫異的口吻喃喃唸道：「奇怪，原來從藝廊繞到這裡來，這麼近……」

紀辰影也跟著停下來，他裝作若無其事的說：「我之前也不曉得原來有這條捷徑。」

左湛漾抬起頭看他，眨著那雙深邃迷人的眼眸，顯然正在懷疑這句話的真實性。

被她這麼一瞧，一瞬間，紀辰影感覺心跳漏了一拍，有一股衝動從他的胸口竄升，他直覺若不這麼做的話，一定會對不起自己——

於是，在毫無預警的情況下，他伸手將整個人陷入沉思的左湛漾拉向前。

趁著她還沒來得及阻止的空檔，俯身親吻她，另一隻手則情不自禁地按壓在她的後腦勺上。

坦白說，他產生了一種心臟就快從喉嚨跳出來了的錯覺。

可是，她的髮絲隨風飄起所飄散出的迷人香氣，讓他頓時失去理智，無法停止繼續吻她。

他的思緒一片混亂，正確來說，應該是完全沉浸在這個吻之中。

他有預感也許自己接下來會被冷不防地賞一個巴掌。

可是，他卻覺得一個吻換來一個巴掌是很值得的一件事——

然而，當他作好被打的心理準備時，卻感覺懷中的她起初是深感錯愕，一隻手抵在他的胸前彷彿是在做微弱的抵抗。接著沒過多久，她竟開始小心翼翼的回應了他的吻，最終屈服於這份難以克制的情感。

這種轉變很奇妙，很美好，他簡直高興得快發瘋了。

完全無視那些從便利商店魚貫進出的客人們的目光，他澈底陶醉其中。

假如可以的話，他多麼希望時間可以永無止盡地停留在這一刻、這一秒——

「不、不行！」

突然，她驚醒似的像隻受到驚嚇的小貓咪從他身上跳開來，一隻手摀著自己的嘴，那雙深邃的眼神再次蘊含著難以解釋的憂愁，彷彿這一切都僅是一場美麗的錯誤。

「……為什麼？我以為妳也喜歡我？」他的臉頰燒灼，神情困窘的問。

她調整仍顯急促的呼吸，隔了好幾秒才回答：「我說過了，因為某些我不想說的理由，我得不停的提醒自己，絕對不能喜歡上你。」

她刻意不對上他的視線，退後了兩三步，差點撞上了身後的一棵行道樹，幸好紀辰影驀地拉住她的手，讓她維持了平衡。

她的手微微顫抖著，快速地從他的手心抽開，把手藏到了身後，並悄悄地退了一小步。

他戰戰兢兢地追問：「某些不能說的理由？到底是什麼祕密害得妳無法愛我？妳在藝廊都已經看到了我最醜惡、狼狽的一面，還願意不顧一切地支持我，讓我產生我一種妳也同樣愛著我的錯覺！剛才妳不也回應我了？現在卻又說不能喜歡我，到底是什麼原因讓妳不能愛我？妳為什麼不順著自己的心意放膽愛我？」

她緘默了一下子，垂下頭說：「我不想說。在藝廊之所以那樣，只是因為我不希望你傷害畫作……再度鑄成大錯，成為生命中難以彌補的缺憾。」

「再度鑄成大錯？這話什麼意思？」

「反正，我希望你在未來不會再情緒失控了，那樣很容易受傷和傷人的。」她侷促不安地低聲回答，眼淚奪眶而出。

紀辰影訝異的張著嘴，他仔細回想著生命中的每一個片段，他從來就不記得左湛漾曾經目睹過他犯傻作過的每一件事。

倘若她沒參與過，又怎麼這麼堅決地表示自己曾看過他犯錯的樣子——

這時，他的腦海裡閃過了在藝廊時她不經意所洩漏的那句話：不要再犯下同樣的錯了！

對著眼前淚流不止的左湛漾，紀辰影心裡一陣痛，他苦苦哀求地說：「左湛漾，拜託！可以不要這麼殘忍好嗎？妳說妳恨我，卻不告訴我理由，我真的不曉得該如何是好，為什麼妳就不能接受我？到底我作錯了什麼，讓妳無法不討厭我？可以給我一個悔改的機會嗎？」

見到紀辰影這樣低聲下氣地懇求她說出實話，除非是鐵石心腸的人才可能無動於衷，左湛漾對此也於心不忍，終究還是退讓了，她哽咽著說：「好吧，但我不確定你還記不記得，也許……也許你早就忘了也說不一定，畢竟那是一年多前發生的事情。」

一年多前？那時候發生了什麼事與她有所關連？

除了母親發生憾事的記憶襲上心頭，他努力地想找出自己的回憶裡，究竟有沒有曾經出現過左湛漾的身影？

沒有。他完全沒有印象。

當時的他，太在乎自己的感受了。

把自己的心封閉在牢籠裡，不想愛人，也不想被愛。

害怕受傷，恐懼失去。

對紀辰影來說，雙親是他的榜樣。當時，他認為，世界上沒有永恆的愛，所有的事物都會隨著時間的流逝而變質。

她抬起頭，眼神茫然而空洞，任淚水流淌於雙頰，她慢慢地開口：「一年多前，大約是在我們國中的時候，有一位天真單純的女孩愛上了一個很迷人有魅力的男孩，女孩總是幻想著某一天男孩會發現她的存在。女孩自認平凡無奇，況且跟男孩同校不同班，男孩當然更不可能注意到她。」

紀辰影感到不自在，他嚥了嚥口水說：「那個女孩……是妳嗎？」

左湛漾沒有回答他，她只是輕輕地把身子倚靠在背後的那棵樹上，低垂著眼簾，努力不讓悲傷的回憶壓垮自己。然後，沉默了半晌，又接著說：「女孩的朋友們總是包圍在她身邊，鼓勵她有一天能鼓起勇氣在畢業那一天向男孩告白。但，女孩認為那只是個荒謬的白日夢，男孩怎麼可能會喜歡她？所以她婉拒了朋友們的善意，決定要把這份喜歡永遠留在心底。直到……直到有一天，女孩告訴她的朋友們，因為父親工作調職的關係，她必須轉學，搬到國外去。於是……女孩最要好的朋友竭力說服她，叫她不管如何，一定要向男孩表白自己的心意，畢竟女孩即將轉學了，也許以後再也見不到男孩了，這是她一生中僅有的一次機會……」

轉學？這個說詞，讓他一下子記起了某一天的某一幕。

紀辰影驀地感到一陣天旋地轉，有一種可怕的暈眩感莫名從胸口蔓延到他發麻的腦袋。難以言喻的愧疚和罪惡感朝他直撲而來，他怎麼也沒想到會有這種巧合，發生在他和左湛漾之間。

他永遠都無法忘卻那張臉，正因為同樣是發生在那一天。

那一天，他的生命中發生了一件椎心刺骨的憾事。

好死不死的，女孩偏偏就選在那一天，遞上她的心，期盼著能夠得到回應。

他甚至還清楚記得女孩慌張失措之際，竭力想撫平那封情書的皺摺。

那封情書，最後，竟被他無情撕爛，飄灑在空中，隨風而逝——

「在那之後的不久，下定決心的女孩和她的好朋友們結伴，打算在放學後跟男孩告白。因為她們發現那個男孩總是習慣在放學後，獨自一人在街上晃蕩，所以那應該是最好的表白地點，就算被拒絕也沒關係，反正已經把心意傳達給對方了。所以，當她們看到男孩停駐在人行道上的時候，躲在轉角處的朋友們慫恿她把握機會上前去，卻沒留意到男孩似乎心情不好，其實那並不是一個適當的告白時機……」

「不要再說下去了！」紀辰影突然大聲制止左湛漾繼續說下去，他再也不想重溫那天的悲慘心情了。

他以為那天所發生的事情，還有他作出的惡劣行徑，都已經報應在可憐的母親身上了。

但事實上，報應似乎還沒有結束。

左湛漾沒有依著他的心願停止說話。他們都身陷回憶的漩渦中，無法自拔。

她的臉和紀辰影一樣慘白，渾身發抖。

「偏偏就在那一天，女孩太緊張了，她本來就是那種容易緊張臉紅的人，在喜歡的人面前，更是毫無招架的餘地……她想也沒想地就照著之前與朋友們排練的劇本，一字不漏地把想說的話告訴了男孩，沒想到……沒想到……那個男孩把情書從她手上搶了過去，無情地將那封信撕碎了，萬萬沒有想到傷害一個人的方式，會是這麼殘忍，不留情面。如果，今天是被其他人這麼對待，感觸可能不會那麼深，也許只是生氣，氣過就算了。可偏偏是自己心目中最憧憬的對象，那個人就算平常難以接近，這樣的行為也太……也太……」她差點就說不下去了，可是，她握緊雙拳，還是努力的咬緊牙根，一字一句地繼續把這個故事說完：「後來，那件事情過後沒幾天，就傳來了她自殺的消息……雖然，這件事情也許跟你沒有直接的關係，因為後來警方調查的結果，發現她留下的遺書中，明確的表明她之所以轉學的原因是因為父母親離異的關係，所以她才必須跟著其中一方搬到國外去。信中的她，提到她覺得自己很孤單，很渺小，雙親是因為雙方都有外遇才分開，把她當作是一個多餘的拖油瓶存在。她覺得自己很可憐，心情很悲傷，不想再被拒絕，她再也承受不了被拒絕的打擊，正是因為了無希望，所以才選擇了這樣離世的方式，澈底逃避現實。事實上，她在遺書中，並沒有提到那天晚上發生的事情，也沒有提起你。但是……身為她最好的朋友，我最懂她，因為在我和她的交換日記中，你的名字佔了一席之地，是她心中最重要的存在。在她自殺前的一個禮拜，她曾再三吩咐我不能把她的交換日記公諸於世。我那時還天真地以為她只在開玩笑，只是閨密之間互相保守祕密的一句承諾，我根本沒料到她會選擇結束自己寶貴的生命……紀辰影，現在，你都知道了，滿意了嗎？」

紀辰影感到震驚，並著實羞愧不已，他恨不得自己現在立刻死掉。

但左湛漾只是稍作沉默，她還有話要說：「說穿了，你和我似乎都是串連整件事情的共謀，某種意義上，我若沒有竭力的鼓舞她向你告白，也許發生那件事的可能性就會降低。而你，當初若沒有因為心情不好，而奪走並撕毀她的信，或許整件事就會導向不同的結果……雖然，這都是我反覆思索卻始終無解的揣測，我們誰也沒料到這是否會構成蝴蝶效應。但不管怎樣，我們都傷害了別人，這就是我所謂的『生命中難以彌補的缺憾』。這些，我本來不想告訴你的，至少不是在今天……」

「……原來如此，這就說得通了，妳說過，妳是在這個世界上最恨我的人……對，我當之無愧。因此，我根本沒有資格喜歡妳。因為我害死了她！」

紀辰影的聲音因過份激動而顫抖，天知道他現在有多怨恨自己，比以前討厭自己的程度還多上好幾千百倍。

一直以來，他都篤信著自己不想愛人，也不想被愛。

而現在，他即使改變了信念，想要主動跨出一步，卻也被愛排拒在外。

或許，從頭到尾，他就是個沒有資格被愛的人。

這種人，自然也沒有理由去愛人。他甚至覺得自己很噁心。

何況，就算他已經做過無數次的懺悔、反省，都已覆水難收，無法挽救。

「我確實曾經那麼以為，但確切來說，除了恨你之外，在這個世界上，我最恨的人卻是我自己……不僅僅是由於我是當時促成她告白的主要推手，而是最近我發現自己愈來愈克制不住自己的情感，我的信念不知不覺的動搖了。我對你有了改觀，我覺得你可能承受了極大的壓力，畢竟過去發生在你身上的事情，你從破碎的家庭中得不到支持，你可能必須獨自承擔很多事情……紀辰影，你比我想像中還——」

紀辰影卻不讓她把話好好說完，突然歇斯底里的摀著頭大叫：「改觀？怎麼可能？妳只是憐憫我罷了！妳現在之所以這麼說，套一句妳的話，只是不想傷害人而已！不想傷害一個家庭扭曲的人！還沒有這份同情之前，妳根本對我恨之入骨對吧？所以，妳以前才不肯直接跟我說實話，所以，當我第一次在班上問妳話時，妳才忍不住哭了！左湛漾，妳才不會喜歡我這種人！像我這種人！妳才不屑接近我！對，我想起來了，妳以前也說過，我們永遠都不是同屬性的人，妳說過，要是變得像我一樣，妳永遠都不會原諒自己！像我這種人有什麼資格愛妳！」

紀辰影情緒激動的說完這些話後，產生了自己瞬間被隔絕在這個世界之外的錯覺和絕望。

他的腦袋嗡嗡作響，什麼外在的聲音都聽不見。

他的血液在腦袋裡亂竄，彷彿下一秒他就會迎向死亡，在這種異常強烈的自我譴責之下。

淚水模糊了他的視線，只依稀瞧見左湛漾情緒潰堤地傷心痛哭。

可他卻只能眼睜睜的看著她哭，他甚至不敢伸出手去安慰她，因為他覺得自己沒有資格這麼作。

他甚至在心中無聲的乞求那幅畫中的惡魔能讓自己消失得無影無蹤，就算沒有辦法實現他曾經許下的願望也沒有關係。

反正，他已經什麼都不在乎了。

第七章　一旦你接近愛，它就凋謝

1

即使你很排斥它，但不得已之下，你還是得接受它。

例如：上學這件事。

以後，當他長大成人，也許「上學」這兩個字，會被取代成「上班」。

日復一日，重複著相同的節奏和旋律，這將是屬於他一人的生命之歌。

遲到這個壞習慣，陰魂不散，終究還是像個詛咒似地附身回它的主人靈魂裡。

他前腳才剛要踏進教室裡，就聽到第四節課的下課鈴聲正好響起，站在講台上的英文老師一眼瞥見他，氣得對他大嚷：「遲到還這麼招搖，知道已經下課了嗎？」

紀辰影冷淡的答道：「嗯，現在知道了。」

他猜想，下一秒英文老師應該就會照以往的老樣子衝出教室外，直奔導師辦公室向班導江老師告狀。

「真是太不像話了！」

果然，他沒猜錯。

英文老師簡直氣炸了，她火速地收拾課本和考卷後，離開前還給了他一記白眼，就怒氣沖沖地小跑步離去了。

「嘿，辰影！你今天很早喔！哈哈！」原本和其他男同學聚在角落聊天的何在侑，一見到紀辰影，馬上興奮地朝他揮手，還故意說了個反話。

其他男孩們繼續瞎起鬨：「紀辰影，你好壞！把英文老師惹到快哭出來了，真有你的！」

「沒有本事學不來耶！」另一個男同學說。

「是沒有本錢吧！人家可是很有本錢的！」何在侑笑嘻嘻的糾正，還比出數鈔票的姿勢。

紀辰影沒理會他們的一搭一唱，拎著空空的書包，逕自地往前走，朝教室最後一排靠窗的座位走去。

只見上個禮拜剛和他換座位的男同學達全，正聚精會神地忙著滑手機看漫畫，自顧自地傻笑著，壓根兒沒留意紀辰影已走到他身邊。

紀辰影沉默地低頭盯著他瞧，隔了大約兩三分鐘，坐在座位上的達全卻專注到連頭都沒抬起過，更別說發現紀辰影的存在。

「起來，座位換回來。」紀辰影一邊說，一邊把書包扔到桌上。

達全卻只顧著滑手機，全神貫注地將注意力放在手機裡搞笑的漫畫人物上，還忍俊不住地直發出竊笑聲。

「喂！聽到沒？」

紀辰影不耐煩地朝他怒吼，而且還突然惡劣地踹了一下達全的椅子，嚇得對方差點就把手機滑落在地，幸好及時用膝蓋頂住了。

「辰、辰影？」達全抬起頭，滿臉無辜。

紀辰影俯下身，揪起他的領子，警告意味濃厚：「給你十秒鐘的時間，立刻搬回你的老位子。」

語畢，他快速放開達全的衣領，雙手抱胸，眼神銳利地監視著。

「什麼跟什麼？你上次明明說要我跟你換的，怎麼現在又——」達全發出微弱的抗議聲。

紀辰影沒理會他，開始倒數計時：「十……九……八……」

達全知道抗議無效，所以只好自認倒楣地站起身來，傾斜桌子，倒出抽屜裡的課本，卻還是忍不住發出哀怨的嘆息聲。

本來這一切即將在最後倒數三秒內順利結束，沒想到紀辰影卻冷不防地被人用捲成一捲的課本輕輕地從後腦勺敲了下去——

「紀辰影，臭小子！連續翹課兩天是怎麼回事？你是想要把你爸和師長們通通都氣死才甘心是不是？」

回頭一看，才發現來人是火冒三丈的班導江老師，齜牙咧嘴的模樣活像想要將眼前的紀辰影活活掐死。

紀辰影默不吭聲，臉色沉了下去。

「對嘛！辰影，你這幾天手機怎麼都關機？我們都超擔心你的，怕你想不開。雖然理由很奇怪，但哪有戀愛中的人會想不開？該不會，你是怕無法對誰交代吧？」何在侑趁隙撲到紀辰影的背後，一手搭在紀辰影的肩上，一手朝江老師比了一個YA的勝利手勢說：「老師不要這麼生氣啦，消消氣，你應該對辰影說：孩子，你回來就好！平平安安回來就好！」

「……何在侑，你給我少說一句話行不行？」江老師惱怒地對何在侑發飆。

「我只是想緩和氣氛。欸，辰影，老師真的是很禁不起玩笑，對吧？」何在侑一面朝江老師擠眉弄眼，一面還不懷好心眼地在紀辰影耳旁竊竊私語地說：「說真的，你為什麼想換座位？你是不是擔心祕密被發現才不來上課？唉唷！我告訴你，全校一票人都知道你和左湛漾交往了，身為你的哥們雖然不懂你的品味，可是我還是會全心支持你的，我就接收那些碎成一地的少女心好啦！尤其是芮舒映！」

「交往？你在胡說什麼？」紀辰影納悶地問：「你到底在說些什麼？」

「哈哈！你裝傻啊你？」何在侑搔了搔紀辰影的頭髮，歪著頭不以為然的反問。

發現自己莫名被晾在一旁的江老師，終於忍無可忍地吼叫出聲：「……何在侑，你的興趣是湊熱鬧吧！那我就成全你！你！還有紀辰影！現在立刻到我的辦公室來！」

2

心不在焉地挨了一頓罵，一走出導師辦公室後，紀辰影立刻轉頭問並肩而行的何在侑說：「你剛才說的話是什麼意思？什麼我跟左湛漾交往？是哪個白痴編造出來的八卦？」

何在侑聳了聳肩，望著走廊另一端正交頭接耳的女孩們，用責備的語氣說：「辰影，我以為我們交情這麼好，在班導面前就算了，到現在你還在對我裝傻？真的很傷人欸。」

那些女孩們一邊交換耳語，一邊還不時地往這個方向瞄。

顯然是因為何在侑口中的那個無中生有的八卦，已經發酵得很嚴重了，連隔壁班的女生都知道得一清二楚。

而且這些八卦應該是在紀辰影翹課的那兩天所傳開的。

「我不曉得你在說什麼，我發誓我沒跟她交往。」對紀辰影來說，他現在只想揪出是誰在學校造謠。「到底是哪個白痴亂說的？」

「那個人很有公信力，不是白痴，還有證據。」何在侑從口袋裡掏出手機，沒兩三下就找出了他所謂的證據。

紀辰影一把奪過手機，定睛一看，發覺手機畫面定格在予熙的IG上。

他簡直不敢相信自己的雙眼，他看到予熙PO出了兩、三張週末當天紀辰影和左湛漾出發前在人行道上的合照，背景是咖啡館外，其餘幾張則是兩人走在路上的背影。

紀辰影點進了那張與她的正面合照，予熙居然還在上面瞎掰了這麼兩行字：『捕獲這對情侶檔在街上放閃曬恩愛，還請各位大力支持。』

紀辰影瞪大眼睛的往下滑動底下的評論，只見網友們早在星期一就你一言我一語地就著這張照片熱烈討論起來了。

評語多半是正面的祝福，像是：

「哇！恭喜！這是予熙哥哥的學弟紀辰影吧！」

「他旁邊的女生沒見過，挺可愛的。」

「這兩人很相配哦！」

「還好不是予熙哥哥。雖然我有朋友單戀紀辰影，不過看在哥哥的份上，還是祝福這對。」

……

諸如此類。

往下一直滑，直到後來出現了一個女生用刺耳的語氣發了這麼一則評論：

「真是噁心！左湛漾是我見過最不要臉的女人！紀辰影也好不到哪裡去，是個惡劣的渣男！」

何在侑也跟著湊近看，安慰他說：「你不要放在心上，那個很明顯是酸葡萄心態，別理她！」

也難怪評論數量龐大，畢竟予熙除了在校被封為男神外，更是小有名氣的兼職男模，所以影響力和傳播力不容小覷。

紀辰影回想起予熙當天在藝廊離去前說的一番話，沒想到他真的不請自來地自動扮演起神助攻的角色了。

然而，事到如今，這幾張照片，看在紀辰影的眼中，格外諷刺。

直到現在，他的心仍然隱隱作痛，只能重新戴上昔日對凡事都冷漠無情的面具，才能遮掩住他的焦慮和脆弱。

儘管他仍對照片中合影的左湛漾有著難以克制的情感，但他卻覺得自己沒資格去喜歡她，也不敢再奢求會得到她的回應。

既然這樣，這個八卦對向來低調的左湛漾，肯定造成了某種程度上的困擾吧？

對她來說，與這麼惡劣的人被說成是情侶檔，她一定也會覺得很噁心，不是嗎？

回想週末那天在咖啡館和予熙的對話，紀辰影原本只是拜託予熙拒絕芮舒映無理的要求而已……

而拍照，也僅只是應付美術老師的課堂作業。

怎麼會變成拍這種照片上傳到IG？

而且還任意地撮合他和左湛漾？

要是左湛漾看到這些照片，會作何感想？

會不會以為紀辰影是故意叫予熙上傳的？

而且，網友對照片所發出的惡毒評論，又會怎樣地刺傷左湛漾的心？

他簡直不敢想像。

一想到左湛漾的心可能會因此受到傷害，他就雙腿發軟，產生一種世界好像即將毀滅的幻覺。

為了確認左湛漾是否知情，他懷著百般複雜的心情，故作平靜地問一起走在身旁的何在侑：「那……左湛漾呢？她……她都沒有出面澄清嗎？」

「欸，你都只關心現任女朋友哦？不管前任女友的死活？左湛漾啊，幸好她從這個星期一就開始請假，所以才沒被那群氣頭上的女生們抓去圍剿！至於被你這負心漢拋棄的芮舒映，她也好死不死地從星期一就沒來學校，聽說啊，她是病情復發，半夜送醫了，我就猜八成是被你甩，氣昏了吧？辰影，你還真的是造孽深重！罪孽這麼重，以後要怎麼上天堂？」何在侑語帶詼諧地說。

「哼，我最好下地獄。」紀辰影自嘲的說。

不管怎樣，為了保護左湛漾，他一定要想辦法叫予熙撤掉那些照片才行。

無論如何。

他默默地下了決定。

「幹嘛這麼認真？我跟你開玩笑的啦！」何在侑困惑的說。

「你先回教室吧，我有其他的事要處理。」

紀辰影說完後，就逕自往右手邊的樓梯跑下去了。

3

來到高三的教室外，紀辰影站在門口探了探頭，試著搜尋予熙的身影。很快地就看到在人群中總是相當醒目的予熙，正一邊悠閒地吃飯，一邊和坐在鄰座的幾位學長姊聊天。

他差點忘了現在是中午吃飯時間。

不過，他肚子也不餓。

倒是一肚子氣。

大概在氣頭上也沒有心情吃飯。

「嗨！那不是紀辰影嗎？你可以直接進來啊！為什麼那麼見外？」一位同樣身為學生會成員的學長，一見到紀辰影，就熱情地朝他打招呼。

「紀辰影？」

「喔！就是最近的話題學弟啦！」

「嗯！好像甩了予熙的妹妹……對吧？」

才剛走進來，他就聽到有些學長姊正交頭接耳地低聲討論，八卦的程度和高一二的學弟妹們簡直不惶多讓。

這也難怪，八卦本來就是人類的天性。

紀辰影不以為然的蹙眉想著。

當紀辰影朝予熙逐漸走近，只差四五步的距離時，予熙連頭也沒抬起的就交代了隔壁座的男生說：「嘿，幫紀辰影學弟拉一張空椅子過來吧。」

原來予熙早就注意到他來了，剛才卻還是裝作若無其事，維持與其他人閒聊的悠哉模樣。

另一位學姐好心的站起身，臨走前指著自己的座位說：「我剛好要去忙社團的事情，紀辰影，你就坐這吧。」

紀辰影面無表情的搖搖頭，他說：「不用了，我想要私下跟予熙哥討論事情。」

予熙放下飯盒，笑瞇瞇的說：「私下？我比較希望是以公開的方式。你現在一副想要殺人的樣子，我怕我會被你給私下解決掉。」

站在原地不動的紀辰影揚起眉毛，不悅地表示：「你既然很清楚我看到照片會生氣，為什麼還要隨便散播謠言？」

「謠言？」予熙抬起頭，納悶地對他說：「你真心覺得那只是憑空捏造的謠言嗎？都有照片為證了，怎麼會是謠言？」

紀辰影愣了一愣，沒料到予熙會回答得這麼直接，一時之間他不知道該怎麼回嘴。頓時，他居然不爭氣地回想起了那天和左湛漾的吻，至今那兩唇相疊，令人害臊的心動觸感，難以忘懷。

即使他深知這段感情不可能被接受。

事實上，他澈底醒悟，自己根本沒有資格去喜歡上誰，更別說是最愛的左湛漾。

每每想到她，他就會不自主地感到丟臉和羞愧，並更加憎恨自己的存在。

「不管怎樣，我希望你立刻把我和她的照片從IG刪除！」憑藉著這股恨意，他用一種咬牙切齒的口氣說。

「要是我拒絕呢？」予熙擺擺手，無奈的聳了聳肩說：「你那天也默認同意讓我幫忙了，不是嗎？」

「那是你一廂情願的以為……我當初叫你幫忙的根本不是這個！只是要你拒絕芮舒映的無理要求！你卻搞出這種事！你到底為什麼要這麼做！你這樣真的很過分！左湛漾看了會怎麼想？你到底存什麼心？」

「從旁觀者的角度，我看得出來你和左湛漾是兩廂情願，互相喜歡對方。紀辰影，我是真心為你好，為了你的事，我還背負得罪我妹妹的罪名。你怎麼不說說我的感受？你以前用那種模稜兩可的態度對待我妹妹，害她變成沒有你活不下去，要說生氣，我比你還要生氣。我都不跟你計較了，你是想怎樣？我幫你，你就該偷笑了。」

「該死！才不是那樣！你根本就沒經過我的同意，就擅自作主張！」

按捺不住性子的紀辰影，不顧其他在場早已看得一愣一愣的學生，一個箭步衝上前將予熙從位子上揪起來，一邊大喊，一邊對他揮拳。

然而，予熙似乎老早就料想到氣頭上的紀辰影可能會忽然襲擊自己，憑著一股直覺他迅速且靈巧的閃開了拳頭，並以極快的速度反手抓住紀辰影的衣領，一點也不留情地將紀辰影奮力地往後甩，紀辰影則因沒防備而撞上了後方的桌椅，最後還重心不穩往後跌落在地。

班上圍觀學生驚呼聲連連，他們萬萬沒想到這兩個平常看似交情好的學長學弟，居然會發生這種讓人意想不到的衝突。

其實連紀辰影也沒料到予熙會有所防備，也許之前予熙曾說過的「要不是看在我妹妹的份上，我早就賞你一拳了」諸如這類的玩笑話，根本就不是在開玩笑，而是打從心底這麼想？

當紀辰影勉強想從地上支撐起身子時，予熙走上前來並蹲下身，對他釋出善意地伸出手說：「紀辰影，我說你，只要扯到有關她的事情，就變得這麼毛躁，反而會引起反效果。身為哥的我，主動對你伸出援手，就不要冷漠地拒絕。冷靜點，好嗎？」

紀辰影冷哼了一聲，非日沒有氣消，反而一手牢牢地握緊予熙的手臂，硬是把他往下拉，另一手則嘗試想找出予熙閃避的空隙，以便狠狠地朝他那張漂亮的臉賞一拳。

當下，他知道那麼做不對，畢竟予熙靠的是那張臉兼差，但是，他就是偏偏想那麼做。

他就想要唱反調。

他想要激怒每一個人。

當然，假如這樣做的話，也可能會激怒對方。

就像予熙所說，會造成反效果。

但是，或許他內心渴切的正是反效果。

對一個早就對打架習以為常的人來說，他認為平時行事作風收斂的予熙根本不是他的對手。他覺得，剛才之所以被予熙逃過一劫，完全是因為予熙預先有所防範……

當處於盛怒之下的他揮拳過去的時候，只是想好好地感受一下發洩情緒的快活——

可是，就在這麼一瞬間，左湛漾曾經說過的話在他腦袋裡不停地迴盪著：「我希望你在未來不會再情緒失控了，那樣很容易受傷和傷人的……」

4

一天之中，連續闖兩次禍，對紀辰影來說倒不是一件稀奇的事。

重點是，向來在老師們心目中是好榜樣的資優生予熙，居然在紀辰影沒有反擊的情況下，失控地朝著他猛打，這才是讓師長們深感匪夷所思的一件事。

坐在學務處角落靠窗較隱私的隔間區，離窗較近的紀辰影，凝視玻璃窗倒影，他看見的是一張憔悴的臉，嘴角還滲著血，臉上還有被打成瘀青的痕跡。

反觀身旁的予熙，僅在手臂及手指等處有輕微的擦傷，手指沾染的則是痛擊紀辰影後留下的血跡。

唯一的相同之處是，兩人都衣衫不整，頭髮凌亂。

紀辰影把視線從窗戶移回來，隔著一張玻璃長桌，坐在對面的是學務主任、予熙的高三班導顏老師，以及氣到臉差點抽筋的班導江老師。

「紀辰影，我……我真的不知道該怎麼說你，你是真的想把我氣死是不是？才剛被訓話完，又跑到學長班去瞎搞胡亂，到底是為什麼？」江老師氣急敗壞的嘶吼。

「好了，江老師，音量放低一點，辦公室還有其他組長們在辦公，你那麼大聲也無濟於事。」學務主任出聲緩頰，指著桌上剛泡好不久的茶說：「喝點茶，緩和一下情緒也好。」

江老師一把抓起茶杯，快速地一口飲盡，但依舊平息不了怒氣。

「這臭小子一天到晚惹事生非，我有一天真的會被他活活氣死！」江老師放下茶杯，瞪視著兩眼無神的紀辰影。

「這次也不全是紀辰影的錯，是吧？予熙？」學務主任瞄了予熙一眼說。「除非是圍觀的學生情報錯誤，或者予熙打架的功力太好了，以至於幾乎毫髮無傷。」

「我的重點不是這個，我當然看得出來這件事情不全然是紀辰影的錯，廢話！我只是想弄清楚整件事情的來龍去脈！」江老師壓抑不住自己的怒意：「紀辰影衝去學長班的動機是什麼？還有，予熙你為什麼要拚命打他？你是想打死學弟嗎？」

沉默了一陣子，予熙才嘆了一口氣，用愧疚的語調回答：「坦白說，是我之前所做的某件事惹惱了他，所以我們才會打架。不過，事實上，紀辰影後來並沒有還手，才會放任我打傷他……所以，這件事情追根究柢應該是我的錯。」

「之前做的事情？是什麼事？」江老師不解。

「反正就是一件對學弟有些過意不去的事。」予熙欲言又止的說：「至於究竟是什麼事，這個……我目前不太方便透漏，不好意思。」

江老師緊皺著眉頭，遲疑了一下子，本來張開嘴還想繼續追問，卻被顏老師中途打岔：「我想，予熙一定是因為最近妹妹生病，所以才會心情低落想打架吧？否則平常表現那麼優異的學生，怎麼可能會發生這種失常的行為？」

予熙點點頭說：「顏老師說的沒錯，她很了解我……」

顏老師又補充說：「主任還有江老師，不是我袒護自己的學生，而是身為予熙的導師，我最了解他，加上輔導室主任也曾經針對予熙的狀況與我有多次討論……基於此，希望在座的各位能原諒這一次予熙所犯下的錯。教育的主要目的也是如此，對學生應要有多一點的關愛和包容，也希望主任能網開一面，盡可能地將對孩子的懲罰降到最低，給他們悔改的機會。」

主任和江老師對望了一眼，沒有出聲反對，似乎頗能體會顏老師的感受，卻又礙於一些執行上的考量，一時之間無法驟下結論，因此陷入了僵局。

好半晌，紀辰影終於打破沉默，開口說：「對不起，你們也許不會相信，不過，以後……以後我不會再打架了。雖然是不情之請，可是我希望主任和老師們能夠理解，並且給我一次改過自新的機會，包括……也給從來不犯錯的予熙學長一次機會。這次的錯全都歸在我身上也沒有關係，因為我不希望自己連累予熙學長。因為是我挑起的紛爭，所以這件事，拜託，只懲罰我一個人就好了。」

這番話，震撼了在場的每個人，包括予熙在內，通通都不明白為何行事作風叛逆且向來我行我素的紀辰影，居然會發出這種聲明。

「以後都不打架了？你……你終於想通了嗎？」江老師詫異的說，似乎不敢相信自己的耳朵。「還是我聽錯了？」

「學弟為何想一肩挑起？我也有錯，你身上的傷不都是我打的？幹嘛耍帥？」予熙半帶戲謔的口吻說。

「我只是不希望因為這件事情，讓你留下不良的紀錄。」紀辰影說。

「你未免也太自以為是了？以為扛起全責我就會感激涕零？」予熙不滿的駁斥：「都說了，是我把我妹妹的氣出在你身上，才會出手打你，你並沒有還手，所以應該是我的錯。我以前就常常說，你的智商真的很低！我真的很懷疑你小學有沒有畢業？」

「我沒有你想得那麼好，其實你打傷我，我大可以追究的。」紀辰影指著嘴角的血跡說。

「不過，我可以不計較……」

「對，是我打傷你沒錯，所以我才說，這件事情是因為我妹妹的事，我才出氣在你身上，你到底有沒有把話聽進去？我根本沒有要你扛起所有的責任！」

紀辰影沒理會他，用堅定的口氣說：「我唯一的條件，就是請你立刻把那些照片撤下。」

「什麼照片？」江老師吃驚的大叫：「照片？該不會是什麼見不得人的照片吧？」

「不是啦，老師想太多了，只是學弟班美術作業的照片而已。」予熙立刻回應。

「事情真的有這麼單純嗎？」江老師懷疑的說。

紀辰影憤恨地瞪了予熙一眼。

眼見事情愈扯愈複雜，按捺不住的顏老師突然出聲制止：「不管怎樣，我們還是先就這件事情解決吧？對吧？主任，學生們還要上課，這件事情……不如，我看，乾脆就先讓我和江老師個別私下了解後，再做進一步的討論好嗎？拜託了。」

主任看了牆上的鐘，勉為其難地說：「好吧，既然顏老師都這麼說了，江老師，這件事情應該不是三言兩語有辦法立刻解決的，就先這樣吧？」

儘管江老師不太情願，可顏老師已經站起身，還示意予熙一起離開，所以他只好無奈的點了點頭說：「……好吧。」

5

剛走出學務處外，待其他人都各自走掉後，江老師私下把紀辰影叫到走廊靠陽台一側，單獨談話。

「辰影，你是有什麼把柄被予熙抓到嗎？他雖然看起來循規蹈矩，但他是不是拿什麼照片威脅你？雖然說打架本來就是不對的事，可是這次你沒還手揍他，真的很……我這樣說很怪，不過，你沒有回擊真的很不像你。」

紀辰影猶豫了一會兒，才說：「其實是一些會造成誤會的照片。」

「這樣子啊……該不會是一些……不堪入目的照片吧？」江老師神情緊張的問。

紀辰影搖了搖頭，嘆了一口氣說：「這件事情我會私下解決，老師你不用再介入了。」

「笨蛋！我是擔心你！就是因為擔心你，才會常常訓你！你到底懂不懂？不要以為你父親放任不管，我就會澈底放棄你！很多時候，都是氣話，看你這樣成天翹課惹事，我真的有時候不知道該怎麼做才能幫到你！很多時候都很想索性放棄，可是老師卻又放不下。」江老師情緒又再次激動，不過，停頓了幾秒鐘冷靜後，他才又刻意放低音量的說：「剛才顏老師很明顯就是想袒護予熙，我不是質疑她的動機，畢竟是自己的學生，都是手心的肉。就算予熙平常是優等生，要是他真的拿照片恫嚇你，你若沒辦法解決，老師這邊一定會想辦法幫你的。不過，我真的很好奇到底是什麼照片？不能告訴我嗎？怎麼可以為了一張照片打成那樣？」

「……抱歉，老師，我沒辦法跟你說，不過我保證不是不堪入目的。」

「唉，真是！反正你記住，要是真的沒辦法解決，老師會盡全力幫你的。」

「嗯，謝謝老師……」

「臭小子，你隨時都可以來辦公室找我私下談。」江老師有點彆扭的搥了搥紀辰影的肩說：「不過，我真的很驚訝也很高興你說自己不再打架，雖然還要時間來證明，可是我就姑且相信你……快，趕快去上課吧。」

「嗯。」

紀辰影點頭，有一瞬間，他有一種衝動想直接把所有的事情都跟江老師坦白。除了照片以外，還有關於長久以來，因為芮舒映的關係，導致他和予熙產生的隱形敵對衝突。

可是，他忽然又抑制了這個念頭。

說真的，聽到江老師開口表示信任自己不再打架，就算只是嘴巴上說說，他其實還滿開心的……

一邊走回教室時，紀辰影一邊想著，至於他和父親之間的不信任關係，恐怕就不是那麼容易可以解決的了。

這麼一來，或許，比起放縱孩子不管的父親，擔任班導的江老師，甚至還比父親好上好起千百倍。

一想到此，紀辰影的嘴角勾起了一抹諷刺卻又慘澹的笑意。

6

從小到大，他最討厭的地方除了家和學校之外，就是醫院。

說起來，他和醫院真的很有緣。

他很排斥這個地方，可是，他卻老是得因為許多因素不停的在此進進出出。

那件關於母親的憾事發生後，他本以為總算可以脫離醫院的魔爪。不過，升上高中，認識了芮舒映後，拜訪醫院又成了一項例行性的事務。不得已的，他再次成了醫院的常客。

來到芮舒映的單人病房前，原本他深呼吸想放鬆緊繃的心情。可是，卻毫無作用。他只好握緊了雙拳，又快速鬆開，重複了大約兩三次，當作緩解焦躁的折衷方式。因為剛才已經事先知會過護理師了，所以紀辰影一如往常探望的習慣，只是稍微敲了一下門，再慢慢的把門打開，沒有出聲說話。

透過門縫，瞥見躺在病床上的病人背對著這個方向，不曉得是否熟睡或純粹只是無聊發呆。

房裡燈光昏黃，唯有放在病床旁小茶几上的一盞桌燈還點亮著。病床另一側的窗簾並沒有完全拉上，隱約透出附近大樓及街道上的光線。紀辰影放輕腳步走進病房，輕輕地掩上門，悄悄地走近，低聲的朝著病人輕喚：「嗨，妳還在生氣嗎？」

對方沒有答腔。

「不想理我嗎？上次妳對左湛漾真的很不禮貌，所以我才會罵妳。其實該生氣的人是我。而妳，是最該道歉的那一個。」紀辰影最終還是耐不住性子，情不自禁的提高音量說。

芮舒映這才終於轉過身，不悅的瞪著他表示：「你到底是來探望我，還是來罵我的？我對她不禮貌？所以她很可憐嗎？哼，那我就不更可憐嗎？我比誰都還要可憐！」

「不管怎樣，比較可憐的程度有什麼意義，就算贏了，有什麼好值得驕傲？妳真的有病。」紀辰影沒好氣的說。

「我本來就有病，否則我幹嘛在這裡躺？」

「妳看起來活力充沛，挺不錯的，不像病人該有的樣子，妳這次該不會是裝病吧？」紀辰影故意酸她。

「剛剛說我有病，現在又說我裝病，是怎樣啊你？」芮舒映忍不住噗哧笑出聲說：「……可惡，我好像真的變得無藥可救了，本來狠下心來想要生你的氣，可是一看到你，就又沒辦法討厭你了。紀辰影啊，紀辰影，你的名字就像是毒品一樣，讓人一愛就……成癮。」

「妳是在醫院閒得發慌，所以玩起雙關語了嗎？」

「為什麼還站著？你可以拉一張椅子坐到我床邊，不然，你也可以直接坐在我的床上，躺著也行。對了，順便幫我開燈。」

紀辰影只好勉強遵從她的指令，走到角落的按鈕處開燈，並從會客桌前隨意的選了一張單人沙發椅搬到她床的一側。

坐下後，紀辰影開口：「我不會停留太久，待會就要走了。」

「……是嗎？你晚上不是沒事做嗎？你大可明天再離開。」

「不，我最多只待個半小時就要走了。」

芮舒映忽然撐起身子，傾向前，仔細湊近端詳他的臉說：「你又打架了？跟誰？這次看起來好嚴重，你不是最會打架嗎？有誰比得過你？」

她伸出手，心疼地撫摸著他的臉龐。

紀辰影撥開她的手說：「不重要吧，其實只是皮肉傷，根本不像妳說的那麼嚴重。」

「你應該不是……為了她的事情打架吧？」芮舒映躺回床上，表情空洞地瞪向白茫茫的天花板說。

「誰？」紀辰影心虛的問。

「還有誰？當然是那個女人左湛漾啊。」

遲疑了幾秒，紀辰影說：「我沒有必要告訴妳。」

「不瞞你說，我哥已經跟我提到你要他把照片撤下的事情。」芮舒映自顧自地喃唸道：「可是，我覺得好奇怪……你既然那麼喜歡她，為什麼還會為了我哥上傳IG的照片生氣？你的反應應該要像我哥原本以為的那樣，很高興才對。畢竟這樣一來，你和左湛漾就可以順理成章的在一起……」

「反正這沒妳的事，妳不必管太多。」

「哦？怎麼會不關我的事，既然我比誰都愛你，我當然比誰都還在乎。我恨死左湛漾了！真希望她死了最好。」

芮舒映一字一句中都帶著濃厚的妒忌和恨意。

這種惡毒的字句，聽在紀辰影耳中，格外刺耳難聽。

紀辰影因激動而一下子從椅子上跳起來。

他板起臉怒斥她：「閉嘴！妳如果再繼續罵她，或詛咒她，我就立刻跟妳絕交！」

「那好，我想在心裡，總可以吧？」芮舒映不以為然的回答，視線仍駐留在天花板上，看也沒看他一眼。

紀辰影感到不安，刻意用嚴肅的語氣說：「其實，我今天來看妳，就是想跟妳講……」

芮舒映立即插嘴：「讓我猜猜，你這次來，是想澈底跟我劃清界線？」

紀辰影用力的搖了搖頭說：「我們一開始就沒交往，以後我們也許還是朋友，可是請妳不要再費心思跟我搞曖昧了，這樣我很困擾，對妳來說，也很難看。」

「難不難看是我的事，套句你的話，你不必管太多。我喜歡怎樣就怎樣。」芮舒映似笑非笑的說：「我只是有點好奇，要是我爬到醫院的頂樓，學你媽一樣從頂樓跳下去，你會不會傷心？會不會為我留下眼淚？」

紀辰影聽到這些話，一下子呆住了。

他萬萬沒想到，芮舒映口中會說出那個人及她作過的事，而且還是當著他的面，絲毫不顧慮到他的感受……

他本以為除了江老師及少數幾位師長知情外，在高中的同班同學中，知道實情的人應該也不多。就算知道，應該也沒有人會特別去探究這件事，更別說會當面戳他的傷口，對他提起這段令人傷痛的往事。

對知情的人而言，即使知道紀辰影的母親早已過世，但多半都以為她是因病去世的緣故。

「妳……妳……怎麼會……」紀辰影臉上布滿著受到傷害的痛楚，深感錯愕的說：「妳、妳聽誰說的？」

芮舒映轉過頭來，得意地打量著紀辰影那張因驚嚇而蒼白的臉，似乎很滿意成功的戳痛了他的心。

「你想問我，怎麼會知道你媽媽的事？很簡單，因為我愛你，所以我對你的事情調查得清清楚楚，甚至可能比你了解自己的程度還要多。你爸爸撒上大把鈔票，盡可能地買通所有知道內幕的人士，叫他們盡可能地不要宣揚此事。不僅如此，他還刻意吩咐媒體儘量保持低調。但，最後還不是白忙一場？要知道錢的用途很多，不只是可以使一個人閉嘴而已，必要的時候，還能靠鈔票挖出很多祕密。想一想，我這麼迷戀你，怎麼可能對你的過去一點都不認識？更何況，那件事頂多才過一年多，很容易就查得出來。怎麼樣？嚇死你了嗎？我又再一次成功地激怒了你嗎？」

紀辰影試圖調整因氣憤而急促的呼吸，他感覺一陣反胃，卻又很勉強的擠出這幾個字：「妳……妳這個瘋子！」

「你不是從一開始就知道了嗎？對，我就是個瘋子……跟你媽媽一樣。」

這些惡毒的字句，化作一根又一根的針，殘忍地扎痛了紀辰影的心。

芮舒映咬牙切齒的說：「你最好聽清楚：我到死之前，都不會停止愛你，就算被你認定是個瘋子我也完全無所謂！愛恨交錯，你愈恨我，我就愈愛你！以上，我所說每一句話，全都聽明白了嗎？紀辰影！」

紀辰影呼吸困難，連一秒鐘也待不下去了，因為受到嚴重打擊，站都站不太穩了，不自主地踉蹌後退一步，撞著了原本坐著的沙發椅。

他摀住嘴，驚駭到連一句話都不說出口。

芮舒映見狀，忽然旁若無人地放聲大笑，一下子卻又把頭埋進棉被裡悶悶地啜泣著，似乎自認自己才是世界上最可憐的受害者。

第八章　愛與恨迷惑了我們

1

退出病房外，紀辰影因情緒過分激動導致雙腿發軟，不自主地讓身子壓在已掩上的門上。

就在他感覺自己就快癱軟在地的時候，有人迅速地伸出手，扶住他，以防他真的癱坐在地上——

「你為什麼還來？你不應該來看她的。」

予熙責備的目光不滿地瞪向他，卻仍協助他坐到走廊靠牆的灰藍色休息椅上。

「……我只是想跟她說清楚，沒想到她的反應會那麼歇斯底里。」紀辰影聲音微顫。

停頓片刻，予熙語氣平淡的說：「你現在唯一可以做的，就是盡可能地與她保持距離，逐漸疏遠就好了。你來這裡看她，只會令她以為你很在乎她，更讓她無法放棄你。」

「放棄？她根本就沒有那個打算……」紀辰影低喃：「她甚至還用生命威脅我。」

「我會保護她的。你不必插手。」予熙毫不猶豫地說：「你只要顧好你的左湛漾就行了。」

紀辰影沒有回答，他陷入了一種徬徨、恐懼的心境。

打從一開始，他就不該給芮舒映機會，也不該給她搞曖昧的模糊空間。

如今事情似乎已演變成幾乎難以收拾的田地。

不知道是否想扭轉沉重的氣氛，予熙突然改變了話題：「對了，你的手機最近是不是都沒開機啊？」

「嗯。」紀辰影手撐著額頭，頹然的應了一聲。

「我只是順便想跟你說，今天從學務處出來後，我就已經把放在IG上的照片都刪掉了。」予熙嘆了口氣說：「看來我原本的好意都被你誤會了……多做多錯，就是這個道理吧？坦白說，那天晚上我要上傳照片前，其實我本來有先打電話給你，可你手機都關機。之後，我又不死心地傳了幾則訊息給你，你也沒回。我索性就把照片傳上去……惹你不開心，真是不好意思，你就原諒我吧？」

紀辰影沒有答腔，深吸了一口氣後，才從口袋裡掏出手機。

確實，自從那天和左湛漾在人行道上道別後，他感覺疲乏不已，不想再與外界有任何聯繫。

關機是很好的辦法，不必再隨時留意有誰會打電話給他，或是傳訊息給他。

即使如此，總是順手就把手機帶在身上的老習慣，仍舊改不了。

真是可悲至極。

他按了開機鍵，眼神茫然地看著映入眼簾的開機畫面。

予熙瞇起眼睛，諷刺似的笑了幾聲說：「看來你變得很不信任我，想檢查我說的話是不是真的吧？」

「對。」紀辰影不假思索地答道。

「很抱歉我把你打得那麼慘，我失控了。」予熙苦笑，以一種輕描淡寫的口氣繼續說：「我沒料到你後來竟然會放棄還手，我本來料想我們倆個都會兩敗俱傷才對。平時訓練用來自我防禦的搏擊招數居然通通都用在你身上，真是可笑。左湛漾她在短短的時間內，似乎改變了你很多……這是最不可思議的一件事。我想，吃驚的人不僅只是我，還有我妹妹……」

紀辰影根本無心理會他所說的話，只是逕自地盯著手機螢幕瞧。

在尚未點入IG前，紀辰影的手機傳來不間斷又急促的訊息通知聲，一則又一則的通知框從手機畫面的上方瘋狂湧入。

切斷與外界的聯繫不見得是一件好事，拒絕溝通有時候會喪失很多修復的機會……

他現在才有深刻的體悟，是不是已經來不及了？

不然，他原本應該可以阻止予熙上傳那些照片的……

手機的未接來電有一長串的名字，訊息也是。

光是予熙就打了將近十通。

當然，名單中少不了的有芮舒映，打了將近上百通。真是服了她。

還有何在侑。想必是為了問八卦的事情。

滑著滑著，紀辰影的視線停留在一個名字上……

「來自：左湛漾，未接來電（二通）」

「來自：左湛漾，未讀簡訊（三則）」

為什麼？她還有什麼話想說？

不，應該說……我還有什麼資格跟她說話？

我是這麼一個卑劣的人。

然而，他的手指不受控制地點開了她的訊息。

他渾身發軟，卻仍勉強自己站起身，走到另一側的牆邊。

因為他不想讓原本坐在身旁的予熙瞥見左湛漾傳來的訊息。

「你大概不想要我繼續待在這打擾你吧？」予熙也跟著站起身說：「也好，明天學校見了。」

予熙說完後，就默默地朝芮舒映的病房走去了。

2

左湛漾傳來的訊息是這麼寫的：

「親愛的紀辰影：

那天，其實我不該告訴你那件事的。

原本，是很美好的一天。

對不起。錯的人，並不完全是你，我也是罪魁禍首。

要是我沒有鼓勵她那樣做，該有多好。

這一年多來，我總是過得很不開心，常常幻想自己如果死了該有多好。

可是，以前的我，並不是這種消極的人，我的好朋友當然也不是……

因此我總是不斷的在這樣矛盾的情緒中掙扎著。

不斷地接受心理輔導和治療，他們好奇究竟是什麼原因致使我心靈生了病，但我什麼都沒說。我沒辦法說。

看見你那麼自責，我的心也碎了。

長久以來，我一直討厭不管是無意或是有意傷害別人的那種人。

到頭來，我竟然也成了那種人。

我也傷害了你。

我應該，選擇更委婉的方式，而不是到最後，變得好像一昧地指責你的錯。」

「我時常都想著：若是可以回到她表白前後的時間點，該有多好。

我就可以阻止這一切，避免骨牌效應的發生。

然而，真的有辦法嗎？

我終究沒有辦法改變她變故的家庭。那才是導致她放棄生命的主因。

但，我還是常常忍不住恨你，想像著你若沒有因心情差而撕毀情書，會不會產生不同的結局？

而，我也常常忍不住恨自己，我恨著自己的虛偽。我之所以勸她表白，其實也是滿足自己的私心。

因為，我當時其實也偷偷的喜歡你，但卻始終沒有勇氣向你表白。

當然，我的好朋友，了解我的程度，一如我能洞悉她的心，她也多少猜到。還說我們隨時都是公平的競爭者。

要是她輸了，就換我。

我很卑鄙吧？

直到現在，我都原諒不了我自己。」

「我們，可以找個時間私下再好好談談嗎？」

三則訊息，彼此之間，相隔長達十來分。

或許，傳遞這些文字，對左湛漾來說，與身為讀取訊息的接收者一樣，同樣都很痛苦。

紀辰影幾乎可以想像，也許左湛漾在發這些訊息的同時，斗大的眼淚一定是一滴又一滴的從那雙深邃哀愁的眼眸中滾落。

光是想像這樣的畫面，就讓他心痛不已。

他好希望自己能夠回覆她，甚至馬上打一通電話給她。

可是，只要想到他就是這一年多來，害得她活得這麼不快樂的始作俑者，他就立刻打消了這些念頭。

3

就算予熙真的把那天的照片從IG刪除，仍然無濟於事。

對於以咀嚼八卦為樂的人們來說，這個話題直到事情發酵後的接連幾天，還是持續被炒作。

紀辰影早已預料會有這樣的情形。

一早，刻意提早到學校的紀辰影剛走入教室，果然，抬起頭就瞧見教室前面的白板上用歪七扭八的字寫著：

「左湛漾，有夠不要臉，搶別人的男朋友！」

從筆跡來看，對方很顯然想掩蓋自己的真實身分，而使用了非慣用的另一隻手潦草寫上。

「混帳！是誰寫的？」

紀辰影丟下原本拎在手上的書包，一把推開擋在前面的同學，直直地衝到白板前，氣憤地將那幾句不友善的攻擊語言擦掉。

左湛漾該不會也瞧見了吧？

他不安的這麼想著，緊張的旋過身，往她的座位瞧，發現她還沒來。

紀辰影感覺鬆了一口氣。

他好希望她今天能夠像前一兩天一樣缺席。

至少，這樣她就不會受到其他人異樣眼光的對待了。

但就在這時，他又瞄見原來在她的桌上，好像也被人用紅色的白板筆塗寫了幾行斗大的字句。

該死，那人連她的桌子也不放過！

他急忙跳下講台，快速衝向她的桌子，定睛一看，發現那個故意惡作劇的人，在她的桌上寫下這幾行字：

「左湛漾，搶別人的男朋友，真的有那麼好玩嗎？也不想想自己根本配不上紀辰影！」

又氣又急的紀辰影，一時之間竟慌了手腳。腦袋一片混亂的他，實在不知道該怎麼把這些討人厭的字跡從桌面抹去，畢竟他身上沒有酒精，再怎麼著急地光是用手或是面紙擦拭也沒用。

同時間，教室裡的同學們對紀辰影反常的焦急舉動投以側目，並忍不住好奇地互相竊竊私語。

紀辰影試圖想尋求其他人的幫忙，他焦躁的站在原地左右張望，但並沒有人上前幫忙。他們要不是露出為難的表情，就是尷尬的別過臉去，既不敢幫忙，也不敢供出誰是兇手。

或者，在他們之中，存在著那名故意惡作劇的兇手。

其他的知情人士，可能也不想多管閒事。

他看見今天難得比較晚進教室的班長倪子笙揹著書包，一臉睡眼惺忪地從前門緩慢走進來，正當紀辰影想扯開嗓子喊他過來時，背後卻有人先開口了：「怎麼了嗎？」

轉過身，他看見滿臉詫異的左湛漾就站在自己身後。而她似乎還沒有注意到桌子遭人隨意惡作劇，只是對紀辰影站在自己桌旁直跺腳的煩躁舉動感到有些困惑。

紀辰影索性脫下自己的外套，很快地把外套覆蓋在整個桌面上，不想讓身後的左湛漾發現桌上的那些字。

紀辰影一屁股坐在她的座位上，雙手按壓披在桌上的外套說：「我……我們可以換座位嗎？」

對於紀辰影這句沒頭沒腦的話，左湛漾困惑不已，嘴巴因驚訝而微啟，思索了一下才說：「為什麼要換座位？換座位已經變成你的興趣了嗎？」

「因為這個位子風景不錯。」紀辰影隨便瞎扯，仍沒打算放棄佔據她的座位。「反正我們坐在隔壁，老師可能也不會發現。」

昨天，江導並沒有允許紀辰影和達全再把座位換回來，因此他和左湛漾仍然是鄰居。

「怎麼可能不發現……」左湛漾納悶的說。

紀辰影忽然靈機一動的說：「不然，換桌子好了。」

顧不得她的阻撓，紀辰影已擅自站起身，搬起她的桌子，強行把她的桌子和自己的桌子對調了。

左湛漾愣愣地站在原地，不懂為什麼紀辰影要這麼做。

「你們夫妻倆感情真好，哈哈！」只見剛從教室走進來，就目睹這一幕的何在侑，笑嘻嘻地晃動提在手上的書包，賊頭賊腦的朝紀辰影咧嘴一笑：「真是羨慕！我也得趕快對被甩的芮舒映發動追求攻勢才行！正式邁向班對之路！」

原本只是站在附近看好戲的小舞，突然忍不住插嘴：「真好笑，芮舒映是紀辰影的女朋友耶！你是不是搞錯什麼啦？何在侑！而且你根本也追不到我們家芮舒映。」

何在侑對她扮了一個鬼臉：「我又沒跟妳說話，何況我喜歡的是妳的主子，對妳這種跟屁蟲，我何在侑看不上眼啦！」

「你說什麼！什麼叫做看不上眼？」小舞氣呼呼的叉著腰質問。

早已聽得不耐煩的紀辰影用力地捶打桌子，並大吼：「都閉嘴行不行！」

全班頓時鴉雀無聲，包括原本還嘻皮笑臉的何在侑。

紀辰影轉過頭去，眼神冷峻地對小舞說：「妳聽好了，芮舒映不是我的女朋友，別再讓我聽見一次類似這樣的話，否則我饒不了妳。」

小舞漲紅了臉，難堪地咬著唇，說不出話來。

「我就偏偏要說！」不知何時已走進教室的芮舒映，她刻意提高音量說。她的下巴微微抬起，一副任性驕縱的態度，絲毫不把紀辰影的話當一回事。

「妳……」紀辰影為之氣結的看著她。

「聽好了，誰都不准跟我搶，紀辰影是我的男朋友！我哥哥之前傳的那些照片都只是開玩笑的，左湛漾根本就不是他的女朋友！我，才是！」芮舒映揚起眉毛，順手撥弄頭髮，一臉霸氣的說。

根本看不出她在前天晚上，還只是一位躺在病床上的病人。

一旁的何在侑看得目瞪口呆，隔了好幾秒後才又喃喃自語的說：「哇！芮舒映不是蓋的！好有女王的架式哦！」

「安靜，安靜！上課鐘都打了，同學們，拜託，老師待會就要來了，趕快回到位子上坐好。」班長倪子笙活像一隻驅趕綿羊的牧羊犬，逐一地把四散在教室各處交頭接耳的同學們趕回位子上。

坐在隔壁的左湛漾轉過頭來對紀辰影說：「照片？還有女朋友？什麼意思？我怎麼都聽不懂？」

「我待會私下會跟妳解釋的，」紀辰影表情凝重的說：「假如妳願意的話。」

她同意了，垂下了眼簾說：「也好，我自己也有話想對你說。」

4

午休前的空檔，他們約好在教學大樓外側、略微偏僻的一處空地見面。

這裡平常人煙稀少，紀辰影覺得這裡應該是比較合適的談話地點，還可避人耳目。

這次，難得的是，左湛漾並沒有遲到。

甚至還比他早到。

稍早前，在教室裡，隔壁的左湛漾連飯都沒吃，就跑出去了。

紀辰影本來猜想，她可能先去輔導室或甚至像往常一樣提早回家了。

他本以為也許她這次會爽約，就像某一天的清晨那樣。

幸好，他猜錯了。

儘管內心覺得自己沒資格喜歡她，但其實能夠跟她說到話，他還是很難掩飾自己對她存有的怦然心動。

他發現自己的心臟失去控制地急速跳動著，簡直快爆炸了。

然而，一想到週末的那個吻，他就覺得自己好羞愧，無地自容。因為緊接那個吻而來的竟是，她終於坦承自己恨他的那個理由……

「訊息……你都看了？」

站在樹蔭下的她，看起來有點憔悴，臉色依舊蒼白，雙眼紅腫，藏匿在雙眼之中的是對他的愛與……恨？

「對，都看了。」紀辰影說：「很抱歉，一連兩三天，我都沒開機。」

他感到口乾舌燥，說話的時候，聲音聽起來比自己想像得還要彆扭許多。

她點點頭，思考了一下子說：「那天，我本來還有更多話想跟你說，但你卻跑掉了。」

她說的沒錯。

那天，他確實懦弱的逃開了。

因為他沒有臉見她。

「對不起，我覺得自己很可恨，所以才會那樣。以後，我會盡可能地克制自己的感情。」紀辰影低下頭，望著地上的草地，遲疑了一會兒才抬起頭說：「我本來打算跟達全換回原本的座位，可是，江老師不允許，他說哪有人一天到晚都在換座位。還是……妳要私下跟老師說，妳不想坐我旁邊也可以……妳說的話，應該比較有效才對。每天都有一個自己恨透底的人坐在隔壁上課，心情也會很差吧。」

他看見左湛漾的表情變了，變得比剛才還要悲傷。

當然，他在說謊。

其實，他不想放棄她。

可是，只要一想到那件事，他就沒辦法不說服自己放棄她。

「你可能讀了我的簡訊，可是你沒有讀懂我的意思。」左湛漾難過的說，眼眶又開始泛淚。「這就是為什麼現在我想私下跟你談的理由。」

紀辰影默默不語的注視著她。

左湛漾緊握雙拳，用顫抖的嗓音繼續說下去：「很奇怪的是，那一天，當你從我面前跑開後，我忽然發現自己錯了，我想要把你留住，可是我卻抓不住你。我很恐懼，我好懊悔自己傷了你的心。假如那番話不是當面對你說，而是用其他的方式傳達給你，應該會更好。我好害怕，從此你不再喜歡我了。我好害怕，你會說自己沒資格愛我，而離我遠去。你說自己沒資格愛我，其實我或許才是那個沒資格愛你的人。我多麼厭惡自己，厭惡自己比誰都還要想得到你的愛，我甚至比誰都羨慕芮舒映能那麼狂妄地大聲說愛你……對我來說，那樣好難，所以，就算我從國中開始就一直喜歡你，我卻一直都沒有向你告白的勇氣。正因如此，我才總是慫恿著我那可憐的好朋友向你表白。好奇著你到底會怎麼回答，好奇著總是拒絕人的你，會不會有一天真的接受一顆真誠的心……這樣的我，是多麼狡猾！比起你，我才是最沒有資格被愛和愛人的人！」

紀辰影沒有打斷她的話，默默地傾聽著，內心實則激動不已，難以平復。

就這樣，左湛漾靜默了片刻，垂下眼眸又接下去說：「升上高中後偶然同班，老實說，我當時得知後，心情實在很複雜，既害怕卻又竊自高興。我真討厭這樣的我。我也曾妄想過會不會有一天你會正眼瞧我，但我覺得這都只是作夢才可能發生。更何況，我曾親眼目睹那件事的發生……我真的覺得自己好噁心，居然還是沒辦法放下對你的愛！發生那件事後，我習慣把自己縮得很小，不想被人看見，也不想被注意到，特別是你。可是，這種情緒很矛盾，加上我又是個意志不堅定的人……你應該還記得我們第一次約在校外時，我故意說我遲到了，其實我很早就來了，但我只是躲在暗處看，就像那天晚上，當我的好朋友向你告白的那一天一樣，我也和其他兩個朋友膽小的躲在牆後偷看。我一直都很怯懦地偷看著你。我認為自己如果繼續愛你，就會變得愈來愈像小偷，像是想把你從人群中偷走……而每個人，都會很不屑這樣的我。那天你離開後，站在原地的我，赫然發現自己並沒有像想像中的那麼恨你，反而是，因為太愛你了，所以才擔心這麼一來，我等於是背叛我那死去的朋友，我就澈底的成了一個背叛者，我真的很狡猾。也許，一直以來，我在乎的都是別人會怎麼想我……我不想接收別人惡意的視線，倘若我光明正大愛你的話，別人會怎麼看我？我好恐懼，這種錯亂的情緒幾乎無時無刻都能讓我崩潰。於是，我只能反覆地用恨自己和恨你當作藉口，來遮掩自己對你的愛……這些，就是我想對你說的話，這兩天我把自己關在房間裡，我反覆地想把這些話親口告訴你，一直思考著該用怎樣的方式來表達……紀辰影，我好害怕，我……

我真的很喜歡你，喜歡到我真的不知道該怎麼辦才好……可是，這樣歆柔該怎麼辦？我真的很不想背叛她！就算歆柔生前也知道我喜歡你，善解人意的她一定能夠諒解，可是，我愈是喜歡你，我就愈討厭這樣的自己——」

她還沒說完，紀辰影突然情緒變得激動萬分，他迅速地將身子傾向前，握緊她的手腕。顧不得她的驚訝，用力將她拉到自己的懷中，牢牢地抱緊她，聲音微顫又急促地說：「左湛漾，可不可以停止在乎別人怎麼想……從今天起，讓我保護妳，用妳對我的愛，洗滌我的罪，救贖我。用我對妳的愛，讓妳不再苛責……我很自私，雖然覺得自己沒資格愛妳，但我實在很想扭轉自己在妳心目中的惡劣形象。雖然所有的一切都無法重來，可是，我真的很希望讓這一切重新開始，我承諾我一定會變得更好，不會成為妳眼中討厭的那種人，不會再隨意的傷害別人……可以請妳原諒我嗎？可以請妳不要停止愛我嗎？」

他將頭輕靠在她頭頂上，感覺懷中的她，把臉埋進了他的懷裡。

她一定也會聽見他不斷加快的心跳聲。

她一定也能感受到他因緊張而炙熱的體溫。

然而，她一句話都沒吭聲，但是卻伸手緊緊地抱住了他顫抖的身體，似乎無聲的同意了他所說的每一句話。

5

放學鐘聲響起，待班上同學逐漸離去後，紀辰影一手拿著向美術老師借來的去光水，另一手用沾濕的棉花在桌子上拚命擦拭，想要趕快把桌子上的字跡去掉。

「同學，這就是你隨便在桌上寫字的下場吧？」

除了紀辰影外，總是習慣留在班上清場完再走的班長倪子笙，好奇的把臉湊近看，還發出嘖嘖聲。

「這不是我寫的。」

「……對耶，仔細看，好像真的不是，而且你應該不至於臭屁到寫什麼『根本配不上紀辰影』吧？」

紀辰影發覺去光水雖然難聞，不過卻挺有效的，才沒幾分鐘，就幾乎快把那幾行斗大又醜陋的字擦掉了。

只剩下一點模糊的淺色輪廓線。

他又使勁地用去光水不斷來回塗抹桌面，好不容易，輪廓線的痕跡變得愈來愈淡，幾乎看不清楚上面的字跡了。

他滿意地笑了笑，便開始隨意收拾書包，站起身來，準備離開。

沒想到，倪子笙還沒走，他站在後門，一手按著門把說：「紀辰影，快點，我要鎖門了。」

「哼，我真懷疑你上輩子是不是江老師的看門狗，有必要乖乖地等每個人放學嗎？」紀辰影不屑的斜睨了他一眼，不過還是快速地從門溜了出去。

退出教室外的倪子笙謹慎地將門上鎖，他刻意和紀辰影並肩走在一起，直到確認走廊上連一個人影都沒有，才清了清喉嚨，開口說：「紀辰影，你真的喜歡左湛漾嗎？」

「嗯。」紀辰影淡漠的悶哼了一聲，仍然快步走著。

「原來八卦是真的嗎？」子笙的語調聽起來頗為詫異。

「這不關班長的事吧？」

「沒有啦，我只是好奇……再加上，有一點點……」倪子笙似乎難以啟齒，沒有繼續說下去。

紀辰影瞪了他一眼說：「有一點什麼？」

他們走下樓梯，朝校門口的方向快步走去。

倪子笙遲疑了幾秒，才回答：「有一點不放心。」

「不放心？為什麼？有什麼好不放心的？」紀辰影稍微放慢腳步，皺起眉頭問。

「坦白跟你說好了，左湛漾有一點小狀況，所以情緒比較脆弱……詳情我不太方便告訴你，因為身為班長，我必須肩負起保密的重責大任。可是我又不放心你這麼愛欺負人的傢伙……我是說，你是那種比較強勢的類型，」一對上紀辰影的眼，倪子笙的聲音變得愈來愈小，但還是堅持把話說完：「我怕她會覺得你在耍弄她……其實真的很像，你該不會是想戲弄她吧？你以前不是都跟芮舒映在一起嗎？怎麼會想要接近——」

「我想要保護她。」紀辰影口氣堅定的說：「我喜歡她。她也喜歡我。而且，你想保密的事我比你還要清楚，不必你多慮，我會治癒她的心，用愛。」

倪子笙搔了搔頭，摸了摸自己的手臂，略顯尷尬的說：「你、你怎麼突然說出這麼肉麻的話？都害我渾身都起雞皮疙瘩了……算了，既然你都這樣保證了，我作為班長就盡到關心同學的義務了。」

紀辰影沒注意聽他說話，他忽然停下腳步，目光定在不遠處的校門口，那一群騷動的人群上。

因為包圍在那裡的學生，有幾個回過頭來時，似乎注意到了紀辰影正要走過來，而拉扯了身邊的朋友，並相互耳語。彷彿他們正關注的事也與紀辰影有所關連。

紀辰影扔下倪子笙，不安的衝上前去，推開人群，往人群包圍的中心一探究竟。

他看見左湛漾竟然站在人群的中心點，與她面對面的是一位身穿著外校制服的高中女生，正朝著她破口大罵——

「沒看過像妳這麼不要臉的女人！我都看到那些最近在IG轉發的照片了！小柔都死了，妳居然還有臉跟那個渣男在一起！噁心！」

紀辰影一時之間反應不過來，因為這些話而呆愣在原地，無法動彈。

這些話好像似曾相識……

對了，上次從何在侑的手機上看到的那則惡毒評語……

發出那則評語的人……

這個高中女生肯定就是那個發出那則惡毒留言的人，因為和她使用的檔案照長得一模一樣……

而她所指的渣男，無疑就是在指紀辰影。

沒有想到，她竟然會在放學後堵在校門口等左湛漾下課。包圍的人群中，也有芮舒映和小舞及她們那群所謂的閨蜜。她們嘰嘰喳喳地嚼著舌根，指指點點。

小舞的臉上看起來頗為開心。

倒是芮舒映，則是面無表情地看著這一幕。

「妳到底有沒有良心？還是妳本來就預計要這麼做了？誰都可以，就妳不行！妳是她最好的朋友，在她死了之後，妳竟然還想跟她喜歡的那個人渣在一起？」

左湛漾咬著下唇，沒有反駁，放任淚水不斷地順著她蒼白的臉龐滑落。

就在那位高中女生愈說情緒愈是激動，左手還跟著高舉起來，作勢準備要打她時，紀辰影再也看不下去了，他快速衝上前去擋在左湛漾面前，硬是抓住那位少女的手臂，制止她繼續動作。

起初女孩因驚嚇而張大嘴巴，隨即，她又迅速回過神來，以一種嘲弄又難以置信的口氣說：「啊，是你？……你這個……你這個可恨的人！你們兩個簡直是一對賤人！」

紀辰影感覺站在她身後的左湛漾怯生生地伸出手碰觸他的背，然後發出像小貓咪低鳴般微弱卻又倔強的嗓音說：「你不必管我，我可以一個人應付的，你趕快走吧。」

紀辰影沒搭理她的反對，反而朝眼前的少女大聲咆哮：「誰都沒有資格管我和她的愛情，你們都只是旁觀者而已，有什麼資格介入我和她？我和她是妳養的貓或狗嗎？妳憑什麼批判我和她的愛？沒錯，我確實是個不折不扣的渣男，可是為了她，我願意變得更好。而且我和她，都有選擇愛誰的自由，這本來就是不違背常理的事，我們並沒有做什麼見不得人的事情，怎麼會是賤人？妳未免也太自以為是了。我和她很自然而然地受到彼此吸引，互相喜歡著對方，有什麼不對嗎？即使以前我做錯了事，難道就永遠沒有被原諒的機會嗎？」

女孩張口，卻無法否定紀辰影說的話，但眼底仍然顯露出明顯的敵意，只是一時之間很難找到反駁的字眼。

這時，原先愣在原地的倪子笙也急急忙忙地跑過來，焦急的說：「妳是外校生吧？這是在當眾霸凌嗎？請不要騷擾我們學校的學生！」

女孩像是驚醒般用力甩掉紀辰影的手，又匆匆看了看四周圍觀的人群，很不甘心的說：「反正，我才不相信像你這種敗類，會真心反省！左湛漾，妳也一樣，妳這虛偽的女人，之前還敢口口聲聲自稱是小柔的好姊妹，看了妳這張嘴臉就噁心，還敢派妳的渣男男友現身來對付我！以前國中的時候，我居然還把妳當成知己，現在我只要一想起來就覺得噁心。」

說完後，她悻悻然地撫著自己發紅的手腕，轉身快步跑掉了。

「到底發生什麼事啊？」

「聽起來左湛漾以前好像有什麼不可告人的過去哦？」

「看不出來耶，平常都一副愛哭膽小的模樣……」

旁人不禁七嘴八舌地討論起來，發出的字句竟也沒有多好聽。

紀辰影對這些人云亦云的人們感到萬分不屑。

他轉身執起左湛漾的手，將她快速地帶離人群。

第九章　我想保護妳，在所不惜

1

「對不起，我來遲了……」紀辰影一路上緊緊地牽著她的手，一邊自責的說：「讓妳被她欺負了那麼久。」

「不，我覺得我活該被罵。你看，人們就像我說的一樣，會鄙視這樣的我。而且，我還連累到你……」左湛漾滿臉愧疚地說。

「那又怎樣？那些人的話真的有必要在乎嗎？我就偏偏要唱反調，這樣他們只會活活氣死自己。」紀辰影不以為然的說。

她停下腳步，陷入一陣無言的沉默，但並沒有因此放開他的手。

前方望去，是一條岔路，至於通往何處，紀辰影並不知道。

他從來沒來過這個地方，剛才只因一心急著要將她帶離校門口，愈遠愈好，所以就一路上小跑步來到了這個陌生的地方。

但他不介意。他甚至很希望有一天，在未來，能與她到很多不同遙遠的地方去旅行。享受著他以前從沒有真正體會過的愉快生活，畢竟，從小到大，他總是獨自一人孤零零的承受許多外在的壓力，他很少有機會放下緊繃又忐忑的情緒。能跟真心所喜歡的人在一起，藉由牽手，交換彼此的溫度，他感覺到以前從來沒有過的幸福感受，讓他覺得有辦法迎接人生中的任何一項難題。

而他，也期盼自己能幫助她，度過每次的難關和考驗。

紀辰影腦海裡浮現對未來的美好勾勒。

然而，左湛漾似乎又不經意陷入了對往事的回憶之中。

好不容易，左湛漾才從恍神中清醒過來，卻喃喃道：「那個女生，是我以前國中同班同學，也是包括歆柔在內的好朋友之一，少數知情的其中一個人。雖然我不太確定她是從何得知這件事，她所說的照片讓我感到困惑……不過，我猜想，也許是在上次我們週末聚會，學長幫我們拍的相片？」

紀辰影滿臉歉意的解釋：「對不起，我今天中午本來想告訴妳的事……就是有關那些照片。前幾天，予熙學長未經我允許，就把那些照片上傳到他的IG，還加了幾行字，說我和妳在交往。大概是因為予熙本來就很受高中女生的歡迎，所以照片的曝光率很高。在我還沒來得及發現的時候，整件事情已經在學校傳得沸沸揚揚了，真的很抱歉，左湛漾。我已經罵過他了，為此還跟他打了一架，後來我們被叫到學務處訓話，之後予熙就把照片撤下了。即便如此，還是沒有辦法阻止謠言持續散播。」

左湛漾似乎不以為意，並沒有責備的意思，目光中反而帶著一種宛若終於解脫的輕鬆。她眼眸低垂，柔聲的說：「這樣也好，我也受夠了躲躲藏藏的感覺了。奇怪的是，被揭穿後，我的罪惡感也慢慢消失了……能夠像這樣在一起，即使不被祝福，也很好。這一年多，一直把愛和恨壓抑在心中，成天過著愁雲慘霧的生活，我不想再這樣了。」

這時，後方突然鳴起一陣急促如雷的喇叭聲，紀辰影眼角餘光瞄到的是一輛剛轉進這條巷子，朝此迎面駛來的轎車。

情急之下，他趕緊側過身子，猝不及防地把站在身旁的左湛漾拉向自己。下意識地順勢讓她緊緊倚靠在自己的胸膛上，並同時後退了一小步，以閃過後方疾駛過的來車。

而這個親密不已的距離，再次讓紀辰影雙頰泛紅，心臟猛烈跳動，幾乎快喘不過氣。

他嚥了嚥口水，望向摟在懷中正仰起頭與他對視的左湛漾，他難以抑制心中一股突如其來的衝動，情不自禁地捧起她的臉龐，俯首將溫熱的唇印了上去。

左湛漾詫異的臉上染上一抹紅暈，瞪大那雙倔強無辜的眼眸。

隨後，也慢慢地閉上了雙眼，順其自然地隨著兩人呼吸的律動，深情地回應了他的吻，再也不願放開他。

2

左湛漾答應了紀辰影的要求，允許每天都由他送她回家。

因為紀辰影擔心左湛漾以前的國中同學，以後還是可能會像今天放學一樣堵在門口等她。

不管怎樣，他早已下定決心想要保護她。

等到紀辰影自己一個人回到家的時候，天色已經晚了。

紀辰影回到房間，放下書包，拿出手機。本想傳個訊息給左湛漾，沒想到手機螢幕上湊巧也同時出現了來自左湛漾的訊息。

「辰影：

謝謝你，願意喜歡這樣的我。

明天，我想要送你一個禮物，是有關歆柔和我以前交換過的一本日記。

當初，她託付給我的時候，其實曾說過，總有一天，希望能透過我，把這本日記送給你。

但是，當時的我，總覺得那是不可能的事。

現在，這個願望成真了，終於有兌現的一天。我很開心，相信她也一樣。」

紀辰影臉上出現一抹笑意，他快速地回覆了這則簡訊，對她說：

「親愛的湛漾：

我本來也想搶先跟妳說謝謝，是妳讓我領悟到愛情。

從今以後，我都不願再跟妳分開。

我想要永遠跟妳在一起，

我不在乎別人怎麼想。

也謝謝妳願意原諒我，

並願意與我分享歆柔和妳的祕密。

早點休息，晚安。」

幸福就是這麼回事嗎？

紀辰影放下手機，懷抱著愉悅的心情，點開了房間的燈。

然後，他驚覺原本被他隨意擺放在窗台上的畫作，畫面上的色調，似乎變得與最初的模樣，稍微有些微妙的迥異之處。

自週末以來，這個星期發生的事情太過混亂，受到了太大的打擊，導致於他竟然粗心大意地把那幅畫隨手扔在窗邊。

懊惱不已的他，懷著對母親的歉意，他緩緩走近窗前，端詳著原本應受到妥善保存的畫作。因連日以來皆曝曬在陽光底下，而前天還有下雨，窗戶也沒有完全掩上，以致畫面上還出現了被雨水噴濺到的細微水漬。

他怎麼會犯下這種錯？

這種從來就不可能發生的錯？

「對不起……」

他看見畫面上那張惡魔的臉孔，因沾染到水漬的緣故，乍看之下予人一種彷彿正在落淚的錯覺。而那雙紅色的利爪，則因顏料遭日曬而稍顯變質，鑲嵌在爪上近乎鏽蝕般的血痕，駭人的顏色變得更深了。

他忽然有一點後悔，強行把畫作從藝廊奪回來，是不是不太好的決定？

他回想起，當天從藝廊返家後的晚上，父親難得回到家，用一種漠然的眼神對他說：「我出售這幅畫的用意也許被你曲解了，只因我覺得若繼續留著它，就像是把詛咒永遠留在身邊。不過，既然你這麼堅持，那就隨便你吧。」

那天，說完這一席話的父親，就披上外套，頭也不回的離去了。

當時，紀辰影純粹認為父親僅是強詞奪理罷了。

而且，那時候，自己因左湛漾所說的話，受到了太激烈的打擊，什麼話也沒有辦法說，再也沒有辦法聽進任何一句話。一連兩三天，他就那樣把自己封閉在漆黑的房間裡，無助地縮起身子，孤零零地在黑暗中與母親最後殘存的遺物相伴。

而此時此刻，一種莫名而來的恐懼和不安的預感再次襲上心頭，他幾乎差點誤以為這場幸福的美夢即將要走上盡頭了。只因受到損害的畫作，本身似乎為他帶來了難以言喻的不祥預感，不知道為什麼。

他撫著胸口，在房間獨自來來回回地踱步。

好一陣子過去，他終於下定決心地從衣櫃裡翻找出一件黑色的長披肩，他把披肩攤開來，將畫作緊緊地包裹在裡面，彷彿以為這樣做就可以把畫中的惡魔禁錮著。

然後，像是鐵下心來的想要反抗從胸口竄上的莫名不安，他把畫作放進了床底下的櫃子裡，並上了鎖。

竭盡所能地想要撫平心中對傷及畫作的罪惡，紀辰影兀自地對著空氣反覆地說：「對不起，媽媽，請你原諒我。妳一直得不到的幸福，如今我已經得到……妳，安息吧。我們再也不需要向惡魔許願了。」

3

翌日到校，左湛漾果然依約把那本曾經和歆柔交換過的日記，遞給了略為心神不寧的紀辰影。

也許是由於太過興奮於能夠把摯友的承諾兌現，左湛漾似乎一開始並沒有馬上察覺今早的紀辰影有點心不在焉。她嘆了一口氣，是一種滿足的嘆息聲，接著說：「能夠把歆柔的心意再一次重新表達給你，真的是太好了，假如她知道的話，一定也會很開心。」

倚靠在窗邊的紀辰影輕輕地點頭，努力地擠出一絲微笑，他接過那本日記時，感到既遺憾又感慨。

要是當時他可以冷靜點該有多好。或許，他和左湛漾，就不會承受這麼沉重的惆悵和痛苦了。

如今，當他翻開日記稍顯泛黃的書頁時，他的心情很複雜。

第一節下課才剛過了一分多鐘，教室裡喧囂吵雜，不過並沒有妨礙紀辰影站在左湛漾身邊讀著日記。

國中時期的左湛漾，字寫得比現在還要稚嫩許多，可是卻洋溢著活潑有趣的筆觸。和現在的她比起來，宛若不是出自同一個人之手。

而另一種陌生卻又不完全陌生的字跡，則是屬於那一位為了得不到的愛，貿然輕生的女孩，歆柔……

依稀之間，他的腦海裡隱現了那封情書裡的那首詩。雖然幾乎記不太得了，但，滿滿都是愛，一如這本日記裡，填滿著青澀生命對愛情的憧憬與傷感。

而，紀辰影和左湛漾，都太過專注沉浸於閱讀往事中，以致於並沒有留意到背後出現了一抹人影，不知何時早已盯上他們——

「嘿！紀辰影，這是什麼？」

一隻白皙的手冷不防地把紀辰影手上的那本日記奪了過去，未經同意，手的主人讓書頁不停地順著從敞開的窗外飄進來的風翻動。隨即，又粗魯地把手指按壓在某一頁的照片上說：「哈，相片上面的人怎麼長得那麼像左湛漾，另一個人就是昨天那個人口中的小柔嗎？這寫什麼啊？我看看……『紀辰影，我最親愛的王子，我好想跟你談戀愛！』哈哈哈！笑死我了！左湛漾，妳那死掉的朋友以為她是哪根蔥？」

芮舒映一邊指著照片，一邊笑，還讓身邊跟著的小舞及其他同夥湊過來看。

「就說左湛漾本來就超不要臉的！」

「是怎樣？連死人的東西都想拿出來放閃哦？」

「看了就噁心！」

仗著芮舒映的氣焰，那些人放肆地當著他們的面，取笑日記裡的內容。

紀辰影氣憤地把日記從芮舒映手裡搶了過來，快速闔上日記，然後朝她破口大罵：「芮舒映，妳到底想怎樣？妳可不可以識相一點？」

面紅耳赤的左湛漾，也怒氣沖沖地朝他們反擊：「為什麼不經同意就偷看？這是不對的！」

「哈，難道偷別人的男朋友就是對的嗎？」小舞仗勢欺人的反嗆。

另一名小跟班也緊接著附和：「也對，昨天那個外校生不也說了？左湛漾居然敢厚顏無恥地搶死掉朋友所喜歡的人？不是小偷是什麼？明明知道紀辰影是舒映的男朋友還……真是看不下去耶！虛偽！」

「都說過了，我和芮舒映一點關係也沒有！不要再來煩我和湛漾了！」紀辰影大吼。

原本蹲在角落與其他男生閒聊的何在侑，見紀辰影與這群人起了爭執，趕緊跑過來湊熱鬧：「我們班怎麼一天到晚這麼熱鬧？咦？這是正宮和小三搶一個男人的劇情嗎？辰影，哥我真的很羨慕你欸！」

「何在侑，你滾遠一點！」

紀辰影憤恨地大力甩開他，後者狼狽地往後踉蹌了幾步，自討沒趣又嘻皮笑臉的走掉了。

體育小老師扯開喉嚨，站在講台上，朝全班大喊：「同學，待會要上體育課，趕快準備去操場集合！」

「……芮舒映，你才是我見過有史以來最不要臉的女人！」紀辰影拋下了這句話後，就一把抓起左湛漾的手，拉著她從嬉鬧的人群離開教室了。

4

「該死！我並不是因為逃避才逃開他們的……我只是純粹厭惡他們的嘴臉。」

強拉著左湛漾跑向操場的紀辰影，到了以後才終於停下腳步，氣喘吁吁的調整自己的呼吸。

「我知道，不過有時候逃跑並不見得是壞事，不是每件事情都有辦法解決的，逃跑可以讓自己有時間冷靜下來。」左湛漾笑了笑，提醒他：「紀辰影，記得你當初在藝廊對我說過的話嗎？」

「我說了什麼？……糟糕，好像快要下大雨了！」

紀辰影發現手背上滴了幾滴水，抬頭望向天空，發現不知何時烏雲已籠罩整片湛藍的天空，空氣中瀰漫著一股大雨即將襲來的味道。儘管現在只是零星地飄著幾滴小雨，但，看起來，今天體育課的戶外活動即將要泡湯了。

「你說過，『我跟妳，從此逃亡到天涯海角……然後，妳就永遠都甩不開我了。』這些話，我現在還印象深刻。」左湛漾似乎不把快下大雨的事放在心上，她忽然話鋒一轉，用一種不太確定的口氣問：「你……你會討厭我送你那本日記嗎？」

「為什麼這麼問？」紀辰影不解的問。

左湛漾猶豫了半晌才說：「因為……你剛才讀那本日記的時候，好像沒有很專心，一副心事重重的樣子。假如你不喜歡那個禮物，其實我不勉強你一定要接受。畢竟，某種程度來說，那算是一個陌生人的遺物。也許，別人也會覺得這樣很怪，對不對？」

「傻瓜，妳為什麼老是要在乎別人的感受？都說了，別人怎麼惡意地想要改變我們，我們就唱反調啊！」紀辰影轉身面對她，低下頭，用額頭輕抵著她的額頭，以溫柔的口吻輕聲說，「老實告訴妳，我很謝謝妳願意跟我分享妳和歆柔的日記，甚至因為妳很愛我，所以願意割捨那麼重要的東西給我。當初沒有辦法得知她對我的心意，還惡劣的拒絕她……現在我終於得到了這個悔改的機會，能夠靜下心來，透過日記，了解到她和妳對我的想法，我真的很謝謝妳。雖然沒有辦法回應她對我的愛，不過，我會耐心地把她曾經想對我說的話看完，至少這樣一來，我也會覺得自己沒有那麼對不起她了。而妳，促成了這一切。我會好好珍惜那本日記的。」

她點頭，終於放心地綻放了燦爛的笑容。

「至於，妳以為我為什麼有點分心，其實是因為昨天發生的一件事，本來不想告訴妳。」

「什麼事？」

發現雨愈下愈大，紀辰影又拉著她，和她一起奔到附近的司令台上躲雨。其他的同班同學也三三兩兩的窩在這裡躲雨，七嘴八舌地聊起天，等候體育老師的到來。

距離上課鐘響大約還有一兩分鐘。

「上次那幅畫，我因心情不好，一時粗心大意，竟把它放在窗邊太久，曬了幾天的太陽，加上畫作又潑灑到雨水……我覺得對不起我媽媽，畢竟那是她生前最重視的一幅畫。而且，說來好笑，看到畫作因為沒有保藏妥當而產生的變化，居然讓我一不小心就往壞的方向去聯想，想著想著害怕起那會不會是不好的徵兆？因為從小到大，我幾乎沒有成功地擁抱過幸福。有時候，幸福狀似來了，但一溜煙又從我眼前逃走，然後，厄運就不停的發生。我……我很不安。忍不住問自己，我到底是不是沒有資格擁有幸福？」紀辰影失笑的說，露出了自嘲的表情，似乎暗自為自己的古怪揣測感到荒謬。

左湛漾愕然的說：「你當然有資格擁有幸福，你怎麼會那麼想？縱使畫作本身受到損害是很令人憂愁的一件事，可是你怎麼把它跟厄運的徵兆聯想在一起呢？……而且，畫作不是可以請修復師幫忙補救嗎？你要不要問一下藝廊的經理，他雖然有點討人厭，可是，好像對藝術品真的很有熱情，他就算嘴硬，也應該會幫忙吧？」

「嗯。」紀辰影抿抿嘴，同意了她的說法，同時望向眼前下得愈來愈狂亂的雨說：「我也許是多慮了。」

「本來就是，我們要開始往好的方向想，閉上眼睛想像美好的畫面，這樣一睜開雙眼的時候，幸福自然就會來。」左湛漾把手伸向司令台外，讓雨滴打在她的手心上，一邊望著前方，一邊說：「在我極度悲傷的那段時期，我總是很悲觀地看待每件事，所以，常常發生很多令我自暴自棄的事。可是，遇見你之後，我都覺得事情怎麼都朝很美好的方向前進，我雖然曾經抗拒過，但我最後仍然忍不住開始幻想事情愈來愈好轉。現在，我覺得很開心。心態上有了很大的轉變，很不可思議吧。就算偶爾會出現像是昨天那樣的事，可是你都會現身保護我，所以我變得很安心。至少，我現在知道，我不再是一個人單打獨鬥了，所以，辰影，你也一定要這麼想。」

5

儘管如此，紀辰影仍舊感到不太放心。

一整天下來，他都沒有辦法好好專心上課。

他的眼皮一直不受控制的跳動著，不知道怎麼回事。

不過，幸好芮舒映和她的那群死黨，並沒有像早上那樣跑過來騷擾他們，反而異常安分。

自體育課，他就覺得他們都刻意的對他別開了視線，很明顯是在心虛。

他忍不住猜想：會不會是班長倪子笙去打小報告，私下對江老師透露左湛漾被欺負的事情？所以江老師趁著體育課的空檔，把芮舒映和她的小跟班們叫去訓話？

因為上午體育課的時候，那幾個人缺席了大約將近半小時之久。而總是神經很大條的體育老師也沒察覺異狀，還是興致勃勃地帶領全班穿越大雨，躲到體育館去上課。

由於昨晚為了畫作而憂慮，紀辰影幾乎徹夜難眠。

下課時間他就趴在桌上休息，上課時間則是若無其事的假裝看書，其實是在打瞌睡。

疲倦的他，就這樣在不知不覺中，伴隨著睏意，漸漸地撐到了放學。

正當他準備收拾課本，打算快點和左湛漾一起走回家的時候，他把手伸進抽屜裡，想把那本日記拿出來，以便一起帶回家。

不料，卻發現那本日記，不知何時早已不翼而飛。

他的睏意瞬間都消失得無影而蹤了，而且一股恐懼的感覺開始在胸口急速擴散。

他將抽屜裡的東西全都翻出來看。

但是，就算他把所有放在抽屜裡的課本和筆記都拿出來，卻連一本日記的影子都沒找著。

鄰座的左湛漾收拾好東西，站起身來對他說：「辰影，你在找什麼？」

「……我……我……」紀辰影幾乎快瘋了，可是他卻不敢說出口，他多麼擔心要是告訴湛漾日記不見了，湛漾會怎麼反應？

會不會對他感到又氣又失望？

畢竟稍早前，他還對她信誓旦旦的承諾，會好好的珍惜那本日記。

而現在，他居然把它給搞丟了！

「湛漾……其實……妳可不可以先回家？我想起江老師還有事情要找我，所以可能會耽誤很多時間。現在天色還沒完全暗，妳先回去吧！對不起。」紀辰影沒有辦法對上她的視線，一想到自己沒辦法對她說實話，甚至還把日記弄丟，他整個腦袋就發麻，像是隨時都要當機了。

「可是，你昨天不是說要一起……」左湛漾有點困惑，但遲疑了幾秒後，又說：「好吧，那我先回家了，再見。」

說完之後，她就緩緩地走出教室了。

紀辰影轉過頭，確認她消失在門外後，他才開始繼續重新翻找日記，把每一本課本和講義都拿在手上甩，以防日記夾在裡頭。

可是，即使他重複翻找了好幾百遍，最後還是徒勞無功。

教室裡的人幾乎都散了，只剩下每天辛苦清場的班長倪子笙站在講台上，滿臉不耐煩地對他說：「辰影，你最近是想要跟我搶工作嗎？」

紀辰影沒空理他，急著把書包的東西通通都倒出來，但卻還是找不到那本日記。

我居然把它弄丟了？

怎麼可能？

記得是體育課前就放進抽屜了啊……

天色漸暗，窗外的雨愈下愈大，雷聲震耳欲聾。教室時不時的因為打雷而在瞬間亮了起來，卻又暗了下去。

找到日記的希望愈來愈渺茫，就算他不肯死心，還是沒用。

難道被偷了嗎？

怎麼可能？

會有人這麼惡劣嗎？

「辰影，我拜託你快一點好不好？我要鎖門了啦！你是在找小強嗎？到底在拖拖拉拉什麼啦？」倪子笙不斷催促，用腳發出噪音。

「你今天有沒有看到有人來翻我的抽屜？」紀辰影聲音微顫地說：「有人偷了我的東西。」

「真的假的？」倪子笙一下子嚇得停止製造噪音，他衝上前來問：「偷了什麼？我們學校有小偷？」

「一本日記……」紀辰影垂頭喪氣的坐在位子上說。

「日記？」倪子笙納悶的說：「看不出來你會寫日記，太奇怪了，你什麼時候變得這麼文青——」

這時，手機鈴聲頓時響起，打斷了倪子笙的話。

紀辰影顫抖地把手機拿起來看，發現顯示來電人是芮舒映。

「又是她！」

紀辰影本想直接把手機摔在桌上，可在這一瞬之間，他的腦海驀地閃過一個懷疑的念頭。

他吞了吞口水，手指顫抖地按下了接聽鍵，將手機放到耳邊。

「紀辰影，你大概也發現什麼東西不見了吧？」手機的另一端，芮舒映用一種不同於以往的冷漠口吻說。

「妳該不會偷走了——」紀辰影氣到差點說不出話來。

但芮舒映不讓他把話說完，繼續用冷冷的口氣說：「說是偷的話，也未免太嚴重了吧？我和左湛漾那個慣竊不一樣。我只是借來看看而已，假如你想拿回來，就照我接下來所說的做：今晚七點的時候，我們約在外面見個面，你只能一個人來，不能告訴任何其他人，否則我也不能擔保日記會不會安然無恙的回到你身邊。反正也只是一個破爛的舊東西，你要是真的在乎的話，就照我說的赴約。至於地點嘛，你應該比我還要熟悉才對……就是一年多前，你媽媽跳下去的地方，那棟廢棄大樓的頂樓。」

6

在赴約之前，心急如焚的他，本來是想打一通電話給左湛漾，向她坦承日記被偷走的事實。

不過，打給她有甚麼用呢？

也不可能讓她一起去赴約，更何況，這樣一來，她會不會責怪他沒有好好信守承諾，妥善的守護那本日記？

就算她真的不對他生氣，肯定心裡也會對他很失望吧？

一想到此，紀辰影心一沉，遲遲按不下那個撥號鍵。

獨自一人在街道上走著，走向那棟廢棄大樓。痛苦難耐的他，根本無心理會大雨淋濕全身。

走著走著，不知不覺中，他來到了當初一年多前的那處撕毀情書的紅磚人行道。諷刺的是，時間也正好是下午六點多。

就算悔不當初，也無法改變已經發生過的事實。

儘管左湛漾曾經勸他凡事要往好處想，可他就是做不到。

他摀著頭，閉上雙眼，希望這一切是夢。但是，就算這一切看起來像是一場夢，也會是一場似乎永無止盡的噩夢。

他只能睜開眼睛，繼續往前走。

當他獨自一人抵達那棟廢棄大樓時，他發現這裡的門鎖已經被人惡意破壞了。

然而，因大樓荒廢已久，門滿是鏽蝕，拉開門的時候仍舊要稍微使力，才有辦法把生鏽的門打開。

自發生母親那件憾事前，這座大樓早就閒置許久。

荒廢的理由，好像是因建商傳出財務危機，周轉不靈，鬧出產權紛爭，最後淪為一座澈底底的廢墟。

裡頭漆黑一片，彷彿長年以來只有鬼魂敢在這裡遊蕩。

不知為何，從他的胸口再次急速竄升起一種濃烈的不祥預感。

雖然芮舒映在電話中吩咐過不可以告訴任何人，否則日記就要遭殃。

然而，幾近窒息的恐懼感，讓紀辰影不得不強迫自己順應直覺，覺得一定要讓予熙也知道這件事情才行，讓他了解自己的妹妹現在正在進行某種瘋狂的行為……

或許，身為哥哥的他，有辦法說服妹妹不要幹傻事。

然而，響了好幾分，電話一直沒接通。

他又不死心，一次又一次的撥號。

好不容易，電話被接聽了，話筒的另一端傳來的是一個陌生的中年男子聲。

「你好，我是予熙的經紀人，看來電顯示你是他在學校的紀辰影學弟吧？找他有什麼事嗎？予熙現在不方便接聽電話，他現在正在跟攝影師商討拍攝的重要細節……」

「我……」紀辰影支支吾吾的說：「請你、請你幫我轉告他，他妹妹芮舒映約我到L大樓見面……因為事態緊急，雖然我不確定會發生什麼事，可是有不好的預感。所以，如果可以的話，拜託他立刻過來這裡一趟。」

「呃……沒問題，我會跟他說。」

說完後，對方就立即把電話掛斷了。

紀辰影開啟了手機的照明APP，因為這裡沒水沒電，只能往狹窄又高聳的樓梯一階一階地爬上去。

樓梯很暗又積了很多灰塵，樓梯又設計成螺旋狀的樓梯，和恐怖片的場景實在很相似。

樓梯的扶手因荒廢過久，不是生鏽，就是因老舊而歪斜，他幾乎很難想像母親當時從一樓爬到頂樓的心情究竟如何，是不是也和現在的他一樣，百般掙扎，心如刀割？

還是有一種總算快解脫的快感？

不管怎樣，有關她最後所懷抱的心境，終將成為一團無解的謎。

他從來沒想過，在那次之後，自己還會重新回到這個地方。

好不容易，他終於爬到了最後通往頂樓的那層樓。

每一行的階梯都積滿了厚重的灰塵。

而且最後這層樓，連可支撐的扶手都沒有，十分陡峭。

他小心翼翼地憑藉手機的手電筒功能持續照明著。

芮舒映，到底是恨他到了什麼樣的程度，才會這麼狠毒的折磨他？

口口聲聲說是愛，但他卻感覺不到她口中強烈的愛，反而該說是以愛之名，行恨之實，才更貼近。

否則怎麼可能會惡劣到在別人的傷口上灑鹽呢？

不過，也許他自己之所以當初跟她做朋友，也是因為他曾經也是這一類的人吧？

他不也曾做出傷害左湛漾的朋友，那種撕毀情書的惡劣行徑……

如今，他有何資格批評曾經同屬一類人的芮舒映？

7

當紀辰影費盡力氣爬到頂樓時，發現在場的不只有芮舒映一個人。

站在芮舒映身邊的還有一臉不懷好意的小舞，手上還不時地揮舞著那本遺失的日記。

樓梯口的角落放置了一只亮著的手電筒，應該是芮舒映她們拿來照明的。

小舞的腳邊也放著一只手電筒。

憑藉著手電筒和周遭大樓的光線，還算看得清楚那兩人臉上掛著得意的笑容。

幸好這時候大雨已經停了，所以從這個角度望去，日記並沒有完全被雨水浸濕。

總覺得小舞好像不只是護主心切，也並非單純討厭左湛漾，而是一直對紀辰影當眾罵她的事耿耿於懷，所以一逮到機會就想趁機報復。

「……哈，紀辰影，要不是小舞的提議，我真的不曉得原來你可以這麼聽話。」而芮舒映一見到紀辰影現身，立刻脫口而出的這番話，也在在證實了紀辰影的猜測。

當紀辰影往空曠的四周望去時，他赫然發現有另一抹人影杵在左方的護欄附近，距離他大概有將近五、六步的距離。這個熟悉的人影，讓他不由地心生恐懼，慌了手腳——

「湛、湛漾！為什麼……為什麼妳也來了？」紀辰影雙眼圓睜，滿臉驚詫。

左湛漾雙唇微啟，朝他走過來。

正一邊走，一邊要回答時，就被芮舒映硬生生地打斷了：「她當然也要來，因為我接下來所要提的要求，是你們兩個都必須共同遵守的約定，所以她也一定得來才行。」

「妳本來不是說我一個人而已……怎麼會……」紀辰影急促地問。

芮舒映忿忿地說：「我想怎樣就怎樣！規則由我來訂！我早說過了，紀辰影，我愛怎樣就怎樣！你像現在這樣乖乖聽話就好！」

「芮舒映，妳、妳到底想怎樣？」紀辰影怒不可遏地大吼：「偷走日記有那麼好玩嗎？還我們！」

挨近他身邊的左湛漾，輕輕晃了晃紀辰影的手，低聲附在他耳畔說：「我不是因為日記才來的，我是因為擔心你才來的，我怕你會做傻事，我們回去吧！」

「怎麼可以？我已經答應妳要保護那本日記了！」紀辰影同樣壓低聲音說：「放心好了，我不會讓她們無理取鬧的。我承諾妳，我一定會把它討回來的。」

「辰影……」

發覺勸阻不了意志堅決的紀辰影，左湛漾又驚又急的緊咬著下唇，不知該如何是好。

「真是感人，對吧？舒映。左湛漾好像已經把妳家紀辰影耍得團團轉了，只為了這本爛東西……」小舞鄙夷的注視著手上的日記說。

「紀辰影，你變了，你以前不是這種人。為什麼要對她那麼好？我明明才是那個最愛你的人……」芮舒映沒空理睬小舞，她一面指責，一面用憤世嫉俗地語調說：「不管怎樣，如果你們想拿回這本日記，就必須答應我所說的條件。而且，你們沒有商量的餘地。」

紀辰影深吸了一口氣，故作鎮定地問：「什麼條件？」

站在他們對面，幾公尺外的芮舒映，移動腳步往側邊的護欄走去。

她靠在護欄上，探出頭往底下俯視，發出一種讚嘆聲說：「這裡好高，你媽媽真是有十足的勇氣……我實在很好奇身為她兒子的你，有沒有勇氣從這裡一躍而下？你有勇氣為了這本日記跳下去嗎？」

「妳瘋了嗎？」

幾乎是異口同聲，紀辰影和左湛漾都認為芮舒映肯定是瘋了。

而一旁的小舞，並不覺得事態嚴重，反而露出一種很期待的目光盯著紀辰影瞧。

芮舒映不禁笑出聲：「我只是說說而已，幹嘛那麼緊張？我那麼愛你，怎麼捨得讓你那如此美麗的身軀摔下去，摔得粉身碎骨？我沒有辦法忍受你比我先死……」

「那妳想怎樣？想做傻事嗎？」

紀辰影臉上布滿恐懼，屏氣凝神。

「怎麼可能？我如果死了，不就讓左湛漾得逞了？她就可以獨佔你了，我才不會允許這種事發生。」芮舒映皺眉，瞄了倒抽一口氣的左湛漾一眼，然後說：「她真的很礙眼，我恨不得跳下去的人是她。」

紀辰影伸手作勢保護左湛漾，擔心芮舒映一個箭步就可能衝上前將她強拉過去推下樓。

「我本來是很想要求左湛漾從這裡跳下去，我對她恨之入骨。不過，我沒有那麼壞……我只要求你們兩個分手，條件就是這麼簡單，只要你們兩個願意分手，我就會立刻叫小舞把日記還給你們。怎樣？還不錯的條件吧？」

左湛漾頓時一臉驚愕。

在場陷入了一陣死寂。

然後，紀辰影終於開口打破了沉默說：「這個要求……辦不到！」

「那你就一輩子都休想把日記拿走。」芮舒映狠心的說。「這個東西我會一把火燒掉，讓你永遠都拿不回去！」

「芮舒映……我沒有辦法跟她分手，但是，我拜託妳，看在我們之前的交情，把日記還給我們！那是一本有著重要意義的日記。」

紀辰影很清楚自己居於劣勢。

他很擔心芮舒映一狠下心來，真的會在衝動之下把日記燒光。

「紀辰影，別忘了，你都已經對我不屑一顧了，我幹嘛還要念及我們之前的交情？何況，我就是因為知道這本日記對你們來說很重要，所以才拿它來命令你們分手，這個交換條件不過份吧？我覺得很對等啊！」

他當然知道這兩者同樣都很重要，可是不管怎樣，他仍舊不能妥協。

「都說我辦不到了！」紀辰影忍無可忍的嘶吼道。

芮舒映態度強硬的說：「對我這麼兇，不想要回日記了嗎？我可以一下子就把它給燒掉，你信嗎？還是你根本不在乎？」

「我當然在乎……該死！」紀辰影搗著頭，不知道該如何是好。

「不分手，是嗎？連這麼簡單的要求也做不到？」

「我寧可死也不會跟她分手！」

紀辰影仍然死命搖頭，對這點他始終無法妥協。

而他身旁的左湛漾，同樣也是堅持著相同立場。

芮舒映顯然沒料準紀辰影會斷然地回絕，她本以為事情的進展會像她想像中的一樣順利。

她臉上難掩失望之情。

她轉頭看了看身邊的小舞，似乎希望對方能給她出一點主意。

小舞稍微思索了一下，沒多久，露出狡猾的表情說：「對了，左湛漾，上次那個自稱是妳國中同學的外校生，我有朋友認識她，所以我朋友還幫我問了一些事。他說，那個外校生透露自己當時曾親眼目睹紀辰影撕毀情書的一幕，聽說當時的畫面令人震撼！左湛漾，妳不也是其中一個目擊證人？所以，你們如果不願意分手的話，就只能眼睜睜地看這本日記被我撕爛，這招可是跟紀辰影學的……還是說，紀辰影你已經很習慣這一幕了？畢竟你本來就是拒絕人的高手！」

小舞說完這番諷刺意味濃厚的話後，就立刻把懷中的日記拿起來，開始作勢要從第一頁開始撕。

紀辰影聽見身旁的左湛漾發出一聲痛苦的驚呼，顯然被這個要求給震懾住了。

她似乎回想起了那一幕……

正是一年多前，紀辰影高舉著歆柔的情書，殘忍撕毀情書的那一幕……

想必她和紀辰影一樣，記憶猶新。

畢竟，一年多來，她都受這一連串發生的事所折磨。

「哈，說得好，小舞，妳真的是我的軍師，我怎麼會沒想到這一點呢？」芮舒映雙手合掌，冷笑了一聲。

「那我要開始撕了，你們考慮的怎樣？等我還沒撕起第一頁的時候就分手？還是要等我把日記撕得一頁都不剩的時候再分手？對了，我還會把每一頁都撕得很碎，畢竟這樣才有辦法掌握到紀辰影撕情書的精髓哦！」

小舞試探性的抬起眼說，同時望向正陷入掙扎情緒的紀辰影。

手裡的日記被她晃啊晃的，彷彿是一隻奄奄一息的獵物，即將被無情地屠宰。

而紀辰影和左湛漾，就像是節節敗退的士兵，毫無勝算可言。

儘管左湛漾很不捨好朋友的遺物即將受到傷害，可是，她決定選擇不戰而敗的撤退。於是，左湛漾再一次地執起紀辰影的手腕說：「辰影，我們走吧，那本日記……就算拿不回來也沒關係，不要這麼執著。」

可是，紀辰影站在原地一動也不動，任由她怎麼拉都拉不動。

最後，她驚覺紀辰影驀地把手從她手上抽開——

只見下一秒，當著眾人的面，紀辰影二話不說的跪了下來。

不論左湛漾怎麼想把他拉起來，跪在地上的他，反覆地用竭盡誠懇的語氣，抬起頭朝眼前那兩位同樣吃驚的女孩說：「算我求妳們了，拜託不要撕毀日記，叫我做任何事都可以，只求妳們不要這麼做！拜託！」

芮舒映啞口無言地看著眼前從來沒有這麼狼狽過的紀辰影，她簡直不敢相信紀辰影會如此卑微地跪在她面前。

在她心目中的紀辰影，向來是那樣自恃甚高，而且是從來就不在乎別人的高傲形象。

如今，他卻為了阻止日記被撕毀，而不計尊嚴的跪在眾人面前，只為了那個向來沒什麼存在感的左湛漾……

小舞停下手邊的動作，等候著芮舒映的下一步指示。

8

芮舒映好不容易才從驚愕中清醒過來，眼淚順著白皙的臉頰滴下。

她不甘心的抹拭臉上的淚水，咬著牙問：「紀辰影，你為了這個女人，連自尊都可以不要了嗎？」

「對……拜託妳，我可以任妳們宰割，可以給妳們任何東西，但請妳們不要傷害湛漾，也不要傷害她朋友留給她的遺物……」紀辰影的聲音顫抖，繼續乞求著，雙眼仍緊緊地盯著小舞手上的日記看，深怕下一秒小舞就可能會把它逐一地撕毀。

「紀辰影，你真是可笑！」芮舒映發狂似地抓著自己的頭髮大聲咆哮：「你怎麼會變成這樣！你不該是這樣的！你以前不是這種人！你可不可以清醒過來？她到底哪裡好？我到底哪裡輸她？」

語畢，她雙手摀著嘴，控制不住地抽泣。

這時，原本已經停歇一陣子的雨，又開始下了起來，甚至還刮起了急遽而猛烈的強風。樓梯口傳來了一陣急促的腳步聲，一個人影從那裡竄出——

「……這、這到底是怎麼回事？」現身的是予熙，滿頭大汗的他，驚訝地朝這個方向大喊，聲音聽起來還有點喘。

左湛漾轉過身，急忙向他解釋：「學長，芮舒映偷走了我們的日記，所以……」

芮舒映錯愕的停止哭泣，抬起頭，發現予熙怒氣沖沖地朝此方向快步走了過來。

「日記？偷日記幹嘛？」予熙奮力地站到紀辰影身後，將跪在地上的紀辰影強行拉起，接著以命令似的口吻說：「芮舒映，妳和妳的朋友是頭腦有毛病嗎？把日記還給他們！否則我就立刻報警！」

「報警？會不會太嚴重了？」小舞忍不住出聲抗議。

「要是不照我說的，我就立刻報警，還會通知記者，讓每個人都看到妳們的愚蠢德行，現在立刻還給他們！」予熙再次命令，不容許異議。

眼眶仍噙著淚的芮舒映，示意小舞把日記歸還給紀辰影。

小舞遲疑了一下，但在予熙銳利眼神的逼迫下，只好屈服了，百般無奈的把日記遞給了滿臉敵意的紀辰影。

即使如此，她還是很不甘心，尤其是看到左湛漾臉上終於出現一抹如釋重負的神情。

小舞眼睜睜地看著他們離去。

只見，紀辰影默不吭聲的把日記握在左手，右手則牽著左湛漾的手，往樓梯口的方向走去。

而一旁的芮舒映，則是在予熙的痛斥之下，傷心地放聲大哭。

彷彿是因一時賭氣，或者不願這樣的結果，與她原本的想像背道而馳，不服氣的小舞忽然失去理智，猛地衝上前去，硬生生地想要把紀辰影手裡那本日記重新奪回來。

「妳幹嘛？放手！」

剛準備朝黑漆漆的樓梯往下走的紀辰影，鬆開了另一隻原本握住左湛漾的手，他死命地握住日記不放，不願好不容易拿回來的東西再次被搶走。

原本被紀辰影吩咐儘量貼著牆邊走比較安全的左湛漾，也滿臉訝異的轉過頭來，她萬萬沒料到小舞會突然不預警地跑過來搶日記。

「辰、辰影，算了！不要跟她硬碰硬！」左湛漾開口勸阻。

但紀辰影似乎一個字也聽不進去，就好似著了魔地不肯退讓，他背對著樓梯，拼了命地與站在頂樓上的小舞搶奪手裡的日記……

就在剎那間，不知怎地，小舞忽然毫無預警地鬆開了手上的力道。

好不容易奪回日記的紀辰影，就在幾乎快鬆了一口氣之際，卻因力道太大，加上小舞突然把手一放……

在他把日記搶回來的同一瞬間，一恍神，導致自己根本沒留意腳下的階梯，一不小心竟往後踩了空……

因為頂樓的樓梯沒有扶手的關係，剎那間，他發現自己除了那本日記以外，什麼也勾不到。

由於事發突然，一旁滿臉驚恐的左湛漾，就算拚命地伸出手想抓住他，也來不及……

只能眼睜睜地看著紀辰影背對著陡峭的樓梯，直接往下墜落……

在那剎那間，紀辰影則是聽到了尖叫聲、哭聲……

是母親的聲音嗎？

還是女孩被撕掉情書的哭聲？

或是……從他那摯愛的湛漾身上，所發出的無助哭喊聲？

或者這全都僅只是幻覺，全都只是一場永無止盡的噩夢？

然而，手裡還牢牢握著的那本日記，那個被雨水浸濕了的觸感，似乎一再提醒不斷往下墜落的他，這並不是一場夢，而是再真實不過的現實……

第十章　睜開眼的那一瞬間，一定會見到幸福

1

他總是有個疑惑：為什麼幸福總是不願長久為他駐留？

幸福，似乎總是稍縱即逝，只願停留在一眨眼的短暫瞬間？

是因為像他這樣的人，不配擁有嗎？

還是，從以前到現在，這樣的他，都因太過倔強而不願努力掙扎，以至於到最後喪失了擁有幸福的權利？

畢竟，幸福如同得來不易的糖果，會吵的孩子才有糖吃。

而他，向來就不是個很會吵的孩子。

*

恍惚之中，他聽見身邊聚集著許多人在說話。

還有醫護人員忙進忙出走動的聲音，討論傷勢的聲音，醫療儀器運作的聲音……

這些人，似乎都很努力地想要救活他，幫助他繼續撐下去。

——我，會死嗎？獨自一個人，站在黑暗之中，他默默地問了自己這個問題。

這個問題，不是那麼陌生。

依稀記得在很久以前，他也曾經向某個人詢問過這個問題。而她，是否都還記得？

*

於是，他做了一個很遙遠的夢。

夢見在他很小的時候，年幼的他，曾經很喜歡玩盪鞦韆。

特別是，他喜歡幻想站在鞦韆上的自己，能夠比其他人盪得更高更遠。

他想要超越任何同齡的孩子。

有時，是順著風。有時，是逆著風。

速度好快，他每次都嘗試挑戰自己的極限。好奇該怎麼做，才能像隻羽翼豐厚的鳥兒，在湛藍的天空上，展翅高飛。

年紀很小的他，也曾做過這類不實際的想像。

可是，超越自己的極點，對一個孩子而言，似乎還太過了些。

況且，他還只是隻羽毛未豐的幼鳥，不足以高飛。

更何況，站在一個不平衡的點上，幻想著想抓住空氣中，不存在的嚮往，總是不切實際的。

就在某一次盪得太高，盪得太快的時候，在他猝不及防以致來不及反應下，好高騖遠的他，從鞦韆上重重地摔了下去。

幸好，那時他還算命大，加上鞦韆底下是一片剛下過雨後的濕軟土壤。

跌落在地的他，幸運地只有碰巧被幾顆夾雜其中的尖銳小碎石刺傷。他的額頭、膝蓋及手臂上，被劃出幾道狼狽的記號，從中滲出了鮮紅色的血。

瞇起眼睛，緊握著小小的拳頭，沿途隱忍著一陣又一陣的痛。

回到家，看到母親那張還沒有生病前的臉，一張時常嘴角會揚起漂亮弧形的美麗臉孔。

他擔心自己受到責備，但又渴求能受到母親的關愛。

原本一路上回家時，打算逞強的念頭頓時消失得一乾二淨。

他怯生生地走向她，滿臉憂慮，抬起頭，對她展示自己的傷口，用稚嫩的聲音天真地問：「媽媽，我會死嗎？」

因為，那些血總是不聽使喚地從傷口不斷地滲出，只要一走動，就如刀割般疼痛。

尤其對一個孩子來說，疼痛總是讓人難以忍受的。痛到就像產生了快死掉的錯覺。

母親不僅忘了指責他頑皮，反而眼淚一下子就像下雨般從眼眶裡滾落下來，心疼眼前受傷的孩子。

然後，她迅速地為他清理和消毒傷口，小心翼翼地擦藥。

媽媽蹲在他面前，摸摸他的頭，輕聲細語地告訴他：「傻瓜，媽媽不會讓你死的，媽媽會永遠保護你。」

「真的嗎？』在母親溫柔的呵護下，他幾乎快忘了疼痛。

「對啊，媽媽絕對會永遠守護著你。」這彷彿是一種魔法般的承諾。「不管，發生什麼事，媽媽都會一直守在辰影身邊。」

他用力地點頭，開心地問：「嗯，辰影也要永遠保護媽媽，好嗎？」

聞言，媽媽微微一笑，表情欣慰，沒有說話。

因為媽媽沒有回答，他搖了搖媽媽纖弱的手，不放心又問了一次：「我以後長大一定會保護媽媽！好不好？」

終於，他聽見了媽媽的回答。「好，等辰影長大之後，就換辰影保護媽媽。」

可是，當時年紀還很小的他，從來沒想過，長大之後的他，再也沒有機會保護媽媽了……

2

至於，他活不活著這件事。

真的……有人會在乎嗎？

*

「手術大抵上是成功了，坦白說，從那麼高的樓梯上摔下來，多處骨折，顱內嚴重出血，手術還能順利，簡直就是一場奇蹟……」

「不過病人因為傷勢過重，仍然處於昏迷狀態……若要甦醒過來，只能祈禱奇蹟再次發生……但我們醫療團隊還是會盡最大的努力，盡可能地幫助他熬過復甦的狀態……」

耳邊傳來醫護人員斷斷續續的解釋，還有人在病房裡反覆來回踱步的焦躁聲……

「拜託，請醫生一定要救救我兒子，他還有大好前程……總不能讓他一輩子都躺在這裡受苦吧？」

聽聲音的來源，好像是一向對他冷漠嚴肅的父親，聲音中難得帶著嘶啞哭腔，令人不敢置信……

原來，父親也會這麼著急？還以為他只是個沒血沒淚的傢伙。

那為什麼，平時總是要把自己的情緒掩飾得那麼好？

某種程度，這點和紀辰影也很相像，他們似乎都只有在緊要關頭，才會不經意地洩漏自己的情緒……

到頭來，這對他們而言，一點好處也沒有。

*

冥冥之中，也許是媽媽保護了紀辰影，讓他勉強倖存下來……

可是，也許是紀辰影自己不想醒過來。

他，似乎是欠缺著醒來的勇氣……

他，似乎是不想再承受無法掌握住幸福的患得患失……？

*

曾耳聞，昏迷中的病人其實聽得見外界的聲音。

也許，他正是陷入了這種空無的靜止狀態。

不知道為什麼，他始終睜不開雙眼，即便醫護人員使盡全力救活了他，但他仍舊遲遲沒有辦法甦醒過來。

會不會其實這是某種程度，是他自己下意識地反抗，不想重返這個狀似殘酷的世界？會不會其實他已經失去了對抗不幸人生的勇氣？而寧可澈底在黑暗中長眠？

他覺得很疲憊，索性乾脆放任自己永遠沉睡下去，沉淪至既清醒又昏睡、既無意識又有意識，這種反覆相互交錯的模糊空間……

3

父親總是會在百忙之中固定抽空過來探視他。不像以前總是敷衍了事的說自己很忙、很忙，沒時間陪家人……

「辰影，等你醒來之後，爸爸我一定會好好補償以前虧欠你的部分……」

父親的聲音聽起來很苦澀，出乎意料地脆弱，不像平常意氣風發的他，聲調總是帶著不容反抗的強勢。

可是現在父親的聲音，卻是如此卑微，帶著濃濃的無助感。

「……你是不是也打算和你媽媽一樣，不打算原諒爸爸了？」

可惜，紀辰影沒有辦法開口說話，否則，他很想告訴父親，自己早已不再記恨爸爸了。

不知道從某一天開始，他忽然覺得自己成了宛若幽魂般的存在。

除了每天都會固定來訪的父親之外，其餘那些到醫院探視的訪客，起初，他們總是很頻繁地來醫院拜訪紀辰影，他們對著這位沒有辦法回應的病人，像是對著透明的空氣般自言自語……

學長予熙，也是其中之一。

「雖然不知道你有沒有辦法聽見，可是請你原諒我妹妹，我和家人都痛罵過她了……這幾天她接受了警方的訊問，所以過一陣子才有辦法過來探望你。」

予熙深感愧疚地對著默不吭聲的紀辰影道歉，並表示有關上次在頂樓上發生的事件，警方已經介入調查，並約談了芮舒映和小舞。那兩人都很自責，發自真心懊悔不已……

「我真希望時間能倒轉，如果我提前趕到現場的話，會不會有機會阻止她們幹下的傻事？說不定，你也不至於摔下去，對吧？辰影……」

而江老師和幾位師長，則帶著班上的倪子笙及幾位同學前來探望紀辰影，他們的語調聽起來都異常嚴肅。包括老是在眾人面前嘻皮笑臉的何在侑，連一句玩笑話也沒說，以僵硬而不自然的口氣說話，彷彿是對著一位將死之人說話。

紀辰影忍不住想像，也許在某一天，當他們在他的葬禮上，也會用同樣的態度對著他的墳獻上哀悼之意。

而現在，在這些醫院的訪客們一一離開前，總會依依不捨地對他丟下這麼幾句話：

「辰影，我們會再找時間過來看你……」

「趕快醒過來，我們都很想你。」

「你一定要趕快好起來哦。」

但是，日子一天又一天的過去了，久而久之，來陪伴他的常客也變得不多了。大家，好像都已經習以為常了，認為這個曾經擁抱過絢麗青春，如此迷人美麗的少年，從此一覺不醒了。

他的訪客名單，慢慢地變得愈來愈短了。

他，紀辰影，他的名字，彷彿就這樣自然而然地變成了可憐的代名詞。到最後，甚至也很少出現在人們的對話之中了。

然而，不論如何，他也無法責怪他們。

畢竟，就連紀辰影本身，也曾經對生病的母親，做過類似的行為。

當初，母親總是習慣反覆自殘，不停的自我傷害，之後又被醫院反覆治癒。到最後，連紀辰影探訪她的時間也變得愈來愈少了。

而且，以前的紀辰影，對於拜訪生病時的芮舒映這件事，也是以盡到朋友義務自居，探訪成了一件形同形式上的工作。而且，實際上，紀辰影似乎只是為了滿足自己當初無法守在母親身邊、所未能填補的那個空缺罷了。

是啊，說到芮舒映，就連那個口口聲聲說著很愛他的她，好像也開始放棄來探視他的動力。

因為每次來，芮舒映只能束手無策地滿懷著濃濃的歉意，只能默默地看著躺在床上的病人，靜靜地流下懺悔的眼淚。

她並不覺得跟他聊天有什麼用，她以為他什麼也聽不見，又或許，她深知就算講再多的話，他確實也聽不進去。

他，就快要被放棄了？是這樣嗎？

一個接著一個，那些自稱所謂與他交情好的朋友們，漸漸地離他遠去。

錯不在他們，畢竟真實人生還有許多事情要做。

總不會為了一個醒不過來的人，耽誤太多的時間吧？

反正，就連他自己也不在乎，不是嗎？

反正，就連他本身，也放棄掙扎了，任由自己逐漸成為一個透明、毫無存在感的存在……？

4

除了每天固定會出現的爸爸，在所有的訪客中，還有一個人例外，仍願意不厭其煩地花時間來看紀辰影。

唯有她，自始自終都願意守護在他身邊，不願離去。

而且這個她，每天都來，甚至來的次數比父親還要勤。

諷刺的是，以前還沒有跟她相戀的他，還曾誤以為她就像是個隱形的存在……

就像他現在這樣，不可避免地被人遺忘，原本鮮明的形象逐漸褪色，最後澈底成了一個影子般不起眼的存在。

*

但，他的形象，似乎在曾經是透明存在的左湛漾眼中，並不是如此。

左湛漾，顯然也不打算縱容紀辰影就此遁入離群索居的世界。

無時無刻，她都想拯救他，把他從無止盡的黑夜裡拉出來。

每天，左湛漾都會守在他的病床前，對他說話。

就算知道，眼前的病人沒有任何回應，她也會繼續說下去。

她並不像其他人那樣，把探望紀辰影這件事，當作是一件例行性事務。

之所以說其他人的拜訪，像是履行義務，是因為他們每次來拜訪的時候，說的話都類似。甚至久而久之，只會重複一樣的話。沒有任何意義，好像只是用無意識的言詞，對病人和本身洗腦。他們也開始懷疑，這麼做對病人沒有任何用意。

然而，除了說些鼓勵的話，左湛漾所說的話，每天都不太一樣，儘管主旨都是相同的。

她的主旨，滿滿都是愛。

她深切地企盼著，眼前這位屬於自己的男孩，能趕快睜開雙眼，深情地和她一起共度幸福的未來。

她也開始回想起，最初升上高中後的他們，原本宛若平行線的他和她，彼此開始產生交集的那個時候……

左湛漾對他說了很多自己當時所懷抱著的心情。

左湛漾早在他喜歡上自己之前，早就已經無可自拔地愛上他了。

這份愛，深情的程度，遠比紀辰影想像得還要多好幾千百倍，熾熱且濃烈。

「辰影，升上高中時，我們被分配到同一個班級。當時的我，心情非常的矛盾和複雜。雖然你並不認識我，可是我卻對你的事情非常清楚。」

「從國中開始，我就開始喜歡你了，這份迷戀，是你無法想像的。但發生歆柔輕生的那件事之後，日復一日，我必須不斷地重複說服自己去恨你。這樣一來，我才有辦法遮掩住因為喜歡你而產生的濃厚罪惡感。」

「很可悲的是，明明知道錯不完全在你，可是又只能全部把錯通通推到你身上。每次見到你，都只能快速地閃避目光，以防自己不小心洩漏了喜歡你的線索。雖然，當時的我，自認比誰都清楚，你根本不可能注意到我……你怎麼可能會喜歡這樣的我呢？」

「可是，我錯了。澈底錯了。你不僅注意到我了，還努力地想要了解我這個人。看得出來，你真的很想知道為什麼左湛漾每天會過得那麼悲傷，那麼自卑，那麼不起眼。」

「出乎意料之外，你和其他人不一樣，你並沒有瞧不起在人群中絲毫沒有存在感的我。你反而嘗試伸出你的手，想要把我從角落裡拉出來，不想再讓我一個人孤零零地站在黑暗之中。」

「那時，我每天，都很期待你跟我說話……雖然，我試著排拒這種矛盾的心情。我覺得，這樣的我，真的很討厭。於是，我產生了恐懼，我一次又一次的崩潰，狂亂的情緒排山倒海而來，幾乎快把我整個人壓垮，喘不過氣。因此，你時常都會發現，我常常都會缺席，其實那時候我正接受心理治療，我是輔導室的常客。」

「輔導主任她們，很熱心地想要幫助我走出回憶的陰霾，但我實在沒辦法跟她們透漏我藏在我內心，真實又羞恥的祕密。喜歡你這件事情，成了一項不可避免的罪惡。我真的很害怕，自己會不會成為別人眼中，背叛死去朋友的罪人……就算歆柔不這麼想，其他人，一定也會這麼看待我。」

「但是，後來，我終於在你的幫忙之下，克服了這些自卑的想法。如同你所見的，所聽到的，我比任何人都愛你，我真的好喜歡你，辰影。你一定沒有辦法想像，我喜歡的程度，比你喜歡我還要來得多。假如你現在可以說話的話，你一定會吵著反駁，說你比我喜歡你的程度還要多吧？我正坐在這裡，等你醒來之後跟我爭辯，誰才是贏家。」

她似乎是輕輕地把手放在紀辰影的肩膀上，俯下身，側著臉，把耳朵附在紀辰影的胸前，偷聽紀辰影的心跳。

在她的想像之中，紀辰影的心跳就像以前那樣，只要她一靠近，就會瘋狂地加速跳動。

「你果然很激動，因為你覺得自己可以贏過我。」抬起頭的左湛漾，笑了笑說：「你只要一醒來，我們就可以重新開始比賽。」

「因為現在你昏迷不醒，沒有辦法跟我比，所以，算我贏！現在，你得摸摸我這個贏家，當作獎勵。」

左湛漾一說完，就頑皮的抓起紀辰影的一隻手，讓他的手放在她的頭上，做出摸摸頭的獎勵動作。

可是，每次左湛漾只要手一鬆開，紀辰影的手就會像失去生息般地從她的頭上滑了下去。

每一天，左湛漾的聲音聽起來都如此真切，聽不出來有任何悲傷，似乎擔心若將傷心的字眼說出口，就會一不小心把負面的能量傳達給病床上的少年。

某一天，在偶然間，紀辰影從每天為他進行例行性檢查的醫護人員口中，無意間聽到了這段對話。

「唉，每次只要看到那個女孩，我的心就隱隱作痛。」其中一位護理師有感而發的說。

「怎麼了嗎？」另一個人問。

「那個女孩，每次來看這位年輕人的時候，都表現得很樂觀開朗的模樣。實際上，我每次都會在旁邊的茶水間那邊，聽見她躲在裡頭傳來的啜泣聲……真的聽了很於心不忍。尤其是看她出來的時候，又強顏歡笑的樣子，實在是……」護士師似乎一陣鼻酸，說不下去了。

「唉唷，妳也真是誇張，每天見那麼多人還……」

這番話，在紀辰影的腦海裡迴盪，久久揮之不去。

也對，以前那個愛哭鬼，跑哪裡去了？

怎麼現在變得這麼故作堅強？

故意在他面前逞強，真的很不像她……

為什麼不哭了？強忍著悲傷，是因為想保護他嗎？

保護這個……逐漸被別人放棄，也跟著想要放棄自己的這個他？

5

在那之後，又過了好幾天。

左湛漾每天都會來，所以紀辰影幾乎已然很習慣聽她故作開朗的聲音。他知道她每天都會在他耳畔，用溫柔的聲音，輕輕地握住他的手，對他說很多鼓勵的話：「辰影，我很想你，希望你會聽見，你不是獨自一人承受這些痛苦，我永遠都會守在你身邊，保護著你。總有一天，你會醒過來的。」

可是，紀辰影好像還是沒有辦法振作起來，睜開他的雙眼。

為什麼？連他也不知道。

他只知道，也許惡魔還沒有打算把他接走，把他送到媽媽身邊？

也許，惡魔從一開始，就不覺得有關這段錯愛，是在祂的許諾之下實現？

也許，惡魔沒有那麼仁慈，只是媽媽阻止了祂……？

*

直到後來的某一天，左湛漾終於決定提醒他一件事。

「辰影，我想要問問你，你還記得你曾許下的約定嗎？」

約定？紀辰影絞盡腦汁，努力回想。

於是，他想起了那本日記。

那本肯定已經被他的鮮血，浸濕了的可憐日記。

他以為，湛漾應該要誇獎他，謝謝他，不顧一切地保護那本日記。

因為，在她送日記給他的那時候，紀辰影記得自己曾經承諾過，一定會好好珍惜那本日記。

所以，那一晚在頂樓，他才會如此奮不顧身地死命地抓住日記不放……

因為，他不想看到她失望的表情……

因為，他不想重蹈覆轍，讓那本日記被無情地像情書一樣被撕毀……

就像一個等著領賞的孩子，眼巴巴地等待著坐在床邊的左湛漾，開口告訴他，日記還完好如初的事實。

然而，她卻沉默了好久好久……

最後，好久不曾聽見的哭聲，打破了病房裡的死寂。

他終於聽見了左湛漾熟悉的哭聲，從他的身旁清晰地傳來。

為什麼？有什麼好哭？

難道日記毀了嗎？

難道是因為上頭沾滿了他的血跡，而被弄髒了嗎？

紀辰影深感困惑。

隔了好久，他聽見左湛漾這麼說。

「辰影，讓我提醒你，你已經答應過我，要好好地保護我。這個承諾，你還記得嗎？我猜，你肯定是不記得了，所以，你才會躺在這裡，怎麼叫都叫不醒……」

不記得？怎麼可能？

左湛漾接下去繼續說：「你曾告訴我，你會用盡全身的力氣保護我。但你那天，在頂樓上，保護的並不是我，而是那本日記。很顯然的，你誤解了我送你日記的真正用意。」

這時，左湛漾握住紀辰影的手，用另一隻手壓住，讓他們的手看起來像是十指緊扣。

他可以感覺到，這一次，左湛漾的手，比他的手還要溫暖。

以前，印象中，恰好相反。

是啊，畢竟他在這邊形同死人一般的憔悴，不再保有足夠的溫度。

然而，透過左湛漾的手，左湛漾原本冰冷的手，甚至比現在的他，更溫暖。所以，有足夠的溫度傳遞給他。傳遞到他身上。溫暖，他幾乎快失溫的心。

她再次開口：「你太執迷於那本日記了，其實你應該保護的，是我，你懂嗎？辰影，你知道嗎？那本日記的意義，大於日記本身。我想，你應該不是很懂，不然就是忘記了。但錯不在你，畢竟你曾說過，以前的你，活在一個不相信愛的世界裡，在遇見我之前，你對愛是如此排拒，如此陌生。為了不讓你以後重蹈覆轍，我現在必須趁這個時候好好地提醒你：意義大於物質本身。辰影，你知道嗎？我的好朋友，歆柔，當她遞上情書給你的時候，之所以會受到傷害，並不是撕毀情書的動作，而是那封被撕毀的情書，象徵的是撕毀一個人的真心……你一定知道，但那時的你，卻忘了，而且一個字也聽不進去。」

停頓了半晌，左湛漾又伸出另一隻手，把它輕輕地放在紀辰影的胸前，感受他的心跳。

她說：「辰影，你一定沒有認真地照我的話，拚命地往好處想。你一定開始忍不住自暴自棄了，最後索性都不願醒來了……你一定因為別人施壓給你的壓力和打擊，讓你誤以為幸福離你很遠，因此你寧可把自己藏匿在黑暗的空間裡，對不對？辰影，你是否還記得曾經對我許下的承諾？假使你忘記了，也請你趕快想起來，趕快醒過來，好好地實現你的諾言，你許諾過會讓我們永遠都很幸福……」

接著，左湛漾用一種似是在告解的口吻說：「辰影，我必須向你坦承和懺悔……現在的每一天，當我自己獨處的時候，只要想到你一個人躺在病床上受苦。我就會開始忍不住產生一種強烈的罪惡感，我會忍不住問自己，要是我沒有送給你那本日記，是不是所有的這一切就不會像蝴蝶效應一樣發生？你可能就不會產生一定要保護日記的錯覺了……因為你太愛我，你太擔心我會對你失望，所以你才會那麼做——」

終於，她說不下去了。

紀辰影聽見她充滿自責的哭泣聲。

他感覺，溫熱的淚水止不住地從自己的臉頰滑下。

這時，他才澈底明白，自己錯了。

而且，錯得很離譜。

連自己的命，都差點賠上了，竟還保護不了她……

6

自那天起，他不再做惡夢了。
每天，他都試著想像自己很快就會醒來。
每天，他都想像自己醒來之後，要和湛漾一起攜手實現許多未完成的夢想。
因為，如果他沒有醒來的話，誰來保護湛漾？
萬一她又一不小心被自責的情緒壓垮，誰來救她？
他絕對不能放任湛漾一個人，重新被捲回自認負罪的惆悵漩渦之中——
而且，他已經對自己承諾過：
——我，紀辰影，一定要好好保護左湛漾，用盡全身的氣力保護她。

*

有一天，可能是白天，或者是晚上，他又夢見了媽媽。
因為昏迷不醒的病人，分辨不出白天或黑夜。
他看見媽媽，就站在一幅畫前，在那間熟悉的藝廊展示間。
罪惡感一下子湧現，良心不安的紀辰影，想起了自己上次忘了對媽媽說的話。
他看著背對著自己的媽媽，深感愧疚地對她說：「對不起，媽媽，我把妳的畫弄壞了，它被我不小心放在窗邊……」

「辰影沒有把畫弄壞，是媽媽當初自己把畫弄壞了，和辰影沒關係。」媽媽沒有轉過頭來，只是繼續凝視著畫作，用溫柔的口氣回答。

但當時生了重病的媽媽，似乎再也不相信世界上存在著幸福。

畫作上的那個惡魔，其實是當時病重的媽媽，苦苦央求原本百般不情願的畫家，勉為其難地將之覆蓋、繪製上去。

那個惡魔，是病重時的媽媽，佔據心中揮之不去的心魔，祂的形象。

紀辰影抬起頭，站在媽媽身邊，和媽媽一起凝視那幅畫作。

「媽媽一直都很後悔，後悔為什麼當初要這麼做……」媽媽指向畫作，喃喃地說：「辰影一定要比媽媽勇敢，不可以逃避，你一定要戰勝內心的惡魔。這麼一來，你在畫上看到的，就會是畫作最初的原貌。」

紀辰影低下頭，想起了以前媽媽說過的話：原本的畫，其實並不是叫做「向惡魔許願」，而是，一如畫作最初原貌上所繪的那對相知相守的戀人，叫做「只要相信，就一定能夠獲得幸福」。

「因為媽媽不在了，辰影再也沒有辦法按照約定，保護媽媽。就算是這樣，媽媽也不希望辰影一直流連徬徨於黑暗之中，不敢對抗心中的心魔，不敢去爭取自己的幸福。媽媽很希望，長大後的辰影，能夠義無反顧地去保護自己喜歡的人，永遠相守到老，實現媽媽一直沒有辦法完成的夢想。」

也許，媽媽說得很對，他雖然口口聲聲宣稱自己會保護湛漾，可他確實無法堅定自己想要爭取幸福的決心。

而媽媽，當時也是因為放棄了這樣的決心，才會犯下無可彌補的錯。

他，不想犯下跟媽媽一樣的錯，永遠都在後悔……

他，絕對不想放棄被愛和愛人的勇氣和權利。

於是，有了這個強烈念頭的紀辰影，當他抬起頭的時候，興奮地產生了另一個想法。於是，他滔滔不絕又忘我地說：「等我醒來之後，我想要請畫家重新繪製一幅畫，呈現原本畫作的原貌，這樣的話，惡魔就不存在了。媽媽，妳認為這樣好嗎——」

但，當他轉過頭去望向身邊媽媽的方向時，媽媽已經不在身邊了。

而這也是紀辰影最後一次夢見媽媽了。

他又回過頭去看那幅畫，畫作裡，惡魔的形象逐漸地模糊、消失了。甚至整幅畫的整體色調都變了，變得愈來愈趨於柔和。畫裡的風景也從原本宛若地獄深淵的場景改變了，變成了最初媽媽和爸爸口中的那幅美麗又柔和的畫作。

紀辰影赫然發現，原來，那個惡魔，在紀辰影的眼中，也曾經是自己心中感到恐懼的心魔。

如今，那個心魔終於消失了，所以，原有的惡魔，也就沒有存在於畫上的必要了。

現在，他所最需要做的，就是趕快醒來，才能實現在夢中抹去惡魔形象的心願。

而，長久以來，始終守護在他身邊的左湛漾，都一直很努力地希望能幫助他完成這個決定。

每當她來到他身邊，就會一再地親吻他的臉，他的手，撫摸他的臉頰和額頭，傳遞自己的溫度給他。

讓他原本漸漸化為透明的形象，在每一分，每一秒之間產生了微妙的變化。從原本幽靈般的存在，他那動彈不得的身軀，逐漸感受到了更充足的知覺。

憑藉著頑強的意志力和決心。身體和靈魂同時所受的創傷，也逐步地有了好轉的跡象。於是，第二次的奇蹟，是在左湛漾和紀辰影同心協力的情況下，讓原本不可能發生的奇蹟再次發生了——

這一切，連醫生也不敢置信。

7

某天醒來，他發覺自己終於可以自由地睜開雙眼，而且身體不再是那麼不聽使喚了。雖然還很虛弱，但是已經比起之前，有了極大的進步。

映入他眼底的，除了灑在病床上的和煦陽光之外，還有連日以來，總是守在他身旁陪著他，專屬於他一人的倔強公主——她，左湛漾。

也許不僅僅是因為說話說到累了，再加上，她剛才為著自己內心存有的罪惡感，情不自禁地小小聲啜泣著。

哭著哭著，時常睡得不安穩又累壞了的她，就忍不住雙手交疊地，側著臉，直接趴在紀辰影的病床上睡著了。

熟睡地像隻溫馴小貓咪的她，閉著雙眼，那長長的眼睫毛偶爾微微顫動著，讓人不禁好奇起她究竟做了什麼夢。

空氣中飄盪著屬於左湛漾她那向來清新甜美的香氣，多麼熟悉的迷人氣息。

他完全無法移開自己的視線。

他全神貫注地盯著她瞧。

畢竟，這對之前陷入昏迷狀態的紀辰影而言，曾經是一件再也難以實現的奢求。

而今，能夠一次又一次自在地放縱自己，含情脈脈地凝視著她，對他而言，簡直就是夢想成真，他再也不願鬆手放開這得來不易的幸福。

對左湛漾的愛，這段難以克制的情感，在他的胸口持續燃燒、蔓延。

是她的溫度，以及他們彼此之間，對這段感情的熾熱溫度，喚醒了熟睡中的他。

是她，將他從惡魔手中，好不容易救了出來。

自使始終，她沒有放棄一絲希望。

對他來說，即使這段感情，曾經是一段愛恨交織的錯愛。

他也不願再次錯過：他最親愛的湛漾。

只見熟睡的她，規律而平穩的呼吸著，睡臉看起來如此惹人憐愛。

紀辰影很好奇，左湛漾的夢裡有沒有他？

他忍不住貪婪的深切盼望著，希望自己能夠出現在左湛漾的夢境裡。

她的夢，是快樂的嗎？他希望是快樂的夢。

等她醒來之後，他想要問她做了什麼夢。

看著看著，他注意到在她那張白皙美麗的臉孔上，眼眶下因哭泣而微微紅腫，黑眼圈也清晰可見，這都讓他心疼不已。

紀辰影努力掙扎且使勁全身力氣，虛弱且顫抖地伸出僵硬的手，只為了替她拭去臉上的淚痕。

在他的內心，他好想對仍在熟睡中的女孩說話，卻又不忍吵醒她。

可以想見，在片刻之後，當她睜開雙眼的那一瞬間，將看見專屬於她一人的王子。

王子會對他的公主承諾，承諾自己絕對會履行曾經對她許下的諾言，並且會用深情款款的語氣對她這麼說：

「湛漾，妳說的很對。現在，就像妳曾經對我說的話：睜開眼的那一瞬間，我們一定都能見到幸福……屬於妳和我的幸福。」

謝謝妳，沒有放棄我。

—全文完—

要青春43　PG2165

要有光 FIAT LUX

錯愛，我親愛的妳

作　　者　謙　緒
責任編輯　鄭夏華
圖文排版　林宛榆
封面設計　蔡瑋筠

出版策劃　要有光
發 行 人　宋政坤
法律顧問　毛國樑　律師
印製發行　秀威資訊科技股份有限公司
114台北市內湖區瑞光路76巷65號1樓
電話：+886-2-2796-3638　傳真：+886-2-2796-1377
http://www.showwe.com.tw
劃撥帳號　19563868　戶名：秀威資訊科技股份有限公司
讀者服務信箱：service@showwe.com.tw
展售門市　國家書店（松江門市）
104台北市中山區松江路209號1樓
電話：+886-2-2518-0207　傳真：+886-2-2518-0778
網路訂購　秀威網路書店：https://store.showwe.tw
國家網路書店：https://www.govbooks.com.tw
總 經 銷　聯合發行股份有限公司
231新北市新店區寶橋路235巷6弄6號4F
電話：+886-2-2917-8022　傳真：+886-2-2915-6275

出版日期　2019年3月　BOD一版
定　　價　330元

Printed in Taiwan

國家圖書館出版品預行編目

錯愛,我親愛的妳 / 謙緒著. -- 一版. -- 臺北
市 : 要有光, 2019.03
面； 公分. -- (要青春 ; 43)
BOD版
ISBN 978-986-6992-08-7(平裝)

857.7 108002383

讀者回函卡

感謝您購買本書，為提升服務品質，請填妥以下資料，將讀者回函卡直接寄回或傳真本公司，收到您的寶貴意見後，我們會收藏記錄及檢討，謝謝！

如您需要了解本公司最新出版書目、購書優惠或企劃活動，歡迎您上網查詢或下載相關資料：http:// www.showwe.com.tw

您購買的書名：________________________________

出生日期：________年________月________日

學歷：□高中（含）以下　□大專　□研究所（含）以上

職業：□製造業　□金融業　□資訊業　□軍警　□傳播業　□自由業

□服務業　□公務員　□教職　□學生　□家管　□其它_____

購書地點：□網路書店　□實體書店　□書展　□郵購　□贈閱　□其他

您從何得知本書的消息？

□網路書店　□實體書店　□網路搜尋　□電子報　□書訊　□雜誌

□傳播媒體　□親友推薦　□網站推薦　□部落格　□其他__________

您對本書的評價：（請填代號　1.非常滿意　2.滿意　3.尚可　4.再改進）

封面設計____　版面編排____　內容____　文／譯筆____　價格____

讀完書後您覺得：

□很有收穫　□有收穫　□收穫不多　□沒收穫

對我們的建議：________________________________

____

____

____

請貼
郵票

11466
台北市內湖區瑞光路 76 巷 65 號 1 樓

秀威資訊科技股份有限公司 收

BOD 數位出版事業部

....

（請沿線對折寄回，謝謝！）

姓　　名：＿＿＿＿＿＿＿＿　年齡：＿＿＿＿　性別：□女　□男

郵遞區號：□□□□□

地　　址：＿＿＿＿＿＿＿＿＿＿＿＿＿＿＿＿

聯絡電話：（日）＿＿＿＿＿＿＿＿（夜）＿＿＿＿＿＿＿＿

E-mail：＿＿＿＿＿＿＿＿＿＿＿＿＿＿＿＿